ぼくとネクタイさん

Japanese translation rights arranged with
Verlag Klaus Wagenbach, Berlin
through Tuttle-Mori Agency, Inc.,Tokyo
Published by IKUBUNDO Publishing Co. Ltd. Japan, 2018

クリスに

この美しく、もしかすると意味のある世界から
君はどれほどのけ者にされ、
あらゆる自然な完璧さからどれほど遠く隔てられ、
君自身の虚無の中でどれほど孤独を感じ、
この大いなる沈黙のなかで、どれほど孤立無援であることか。

——マックス・フリッシュ『沈黙からの答え』

1

ぼくは彼をネクタイさんと名づけた。

彼もこの名前を気に入ってくれた。彼は笑い崩れた。

胸元の赤とグレーの縞模様。あのネクタイとともに、ぼくは彼を記憶に永遠に刻み続けるつもりだ。

2

最後に彼と会ってから七週間たった。この七週間のあいだに草は干からび、黄色くなった。樹々でセミが鳴いている。靴の裏で砂利がきしむ。ぎらつく真昼の太陽のもと、公園は妙に荒廃してしまったかのようだ。ほころびた花びらは、しおれて枝から垂れ下がっている。茂みにからまった水色のハンカチは、風にも微動だにしない。空気は重苦しく、地面を圧迫している。ぼくは押しつぶされた人間なのだ。もうけっして帰っては来ない人と、別れを告げたばかりなのだ。そう、きのうから。彼はもう二度と帰っては来ない。ぼくの上空でピンと張りつめた空が、彼を――永遠に？――吸い込んでしまった。

あれが永劫の別れになってしまったなんて、今でも信じられない。ぼくの想像の世界では、彼はたとえ別の人間になってても、あるいは別の顔をしてでも、今にも姿を現して、こちらに視線を向けて、わたしはここにいるよ、と言いそうな気がする。北を向いて、雲に向かってほほ笑むことだって、きっとできるだろう。だからぼくはここに座っている。

3

今ぼくが座っているのが、ぼくたちふたりのベンチだ。ぼくたちのものになる前は、ぼくひとりのものだった。

ぼくがここに来たのは、壁の裂け目、本棚の上を走っている髪の毛のように細い亀裂が、外の世界にもあるのかどうか確かめるためだった。二年間ずっとぼくはそれを見つめて過ごしてきた。二年間ずっと、両親とともに住む、自分の部屋で。瞳を閉じてそのジグザグの線をなぞってみた。頭の中にあったその線はどんどん伸び続けて、心臓や血管にまで食い込んでいった。ぼく自身が血の通わない線だった。陽の当たらないところにいたので、肌が死人のように蒼ざめていた。ときどき陽の光に触れたいと憧れた。外に出て、人がけっして出て行くことのない部屋があるのを理解するのは、どんなことなのだろうかと想像してみた。

凍えるような二月のある朝、ぼくはその憧憬に負けてしまった。カーテンの隙間を通して、カラスの群れが目に留まった。カラスたちは飛び上がったり舞い降りたりしていたが、翼の上の太陽が、まぶしくぼくを貫いた。目に刺すような痛みが走り、部屋の壁を手でつたいながらドアのところまで歩み寄り、ドアを押し開け、少しきつくなった上着と靴を手早く身につけると、表に飛び出した。そして、わき目もふらず家々や広場を駆け抜けた。外は寒かったが額から汗が吹き出し、この上ない満足感を覚えた。まだできる。足を互い違いに一歩ずつ前に送ることができる。まだ忘れていなかった。それを忘れてしまおうとするのは、すべて無駄な努力だったのだ。

ぼくは自分を欺こうとはしなかった。相変わらず重要なのは、自分のために存在するということだ。誰にも会いたくなかった。誰かに会うということは、何かに巻き込まれるということだ。きっと見えない糸があって、人から人へ繋がっているのだろう。どこもかしこも糸だらけ。誰かに会うということは、つまるところその織物の一部になることだ。これだけは避けたい。

4

まるで初めて外出を許された囚人のようだった。というのは、他人のまなざしという檻に囲まれた囚人は、自分が自由でないことを感じざるをえないからだ。だからあの最初の外出の日を思い返すと、白黒映画のひとりの登場人物であったぼくが、いきなり色鮮やかな舞台の中心で演技をしなくてはならなくなったかのように感じたものだ。周囲でさまざまな色彩が叫んでいた。黄色いタクシー、赤い郵便ポスト、青い広告板。それらのもの凄いボリュームに頭がくらくらした。

襟を立てて、角を曲がり、誰かの足につまずかないように気をつけた。通り過ぎるときに、ズボンの裾が誰かのコートの先に触れると考えただけでゾッとした。ぼくは腕を脇にぴったりくっつけて、わき見もせずにただ走りに走った。偶然、ふと誰かと目と目があって、互いに身動きがとれなくなると想像するのがいちばん怖かった。ほんの数秒間立ち止まる。するともう動けなくなる。吐き気。ぼくは吐き気がいっぱい詰まった器なのだ。走れば走るほど、ますます身体が重たいと感じる。大勢の人々の中で湯気を上げている肉体。誰かがぼくの身体にぶつかった。もうがまんできない。手で口を押さえて公園へ駆けこみ、吐いた。

5

その公園も、杉の木のそばにあるベンチも、昔からなじみがあった。はるかな幼年時代。母は手で合図してぼくを招き寄せ、膝の上にのせ、この世界にあるものをひとつひとつ、人差し指でさしながら教えてくれた。見て、スズメよ。母はチュンチュンと口でまねた。頬に母の息を感じた。うなじがくすぐったい。母の髪がかすかにたなびいた。子どもにとって、それも永遠に今のままが続くと信じているほんの小さな子どもにとって、世界は優しい場所である。世界と再会したとき、そんな考えがよぎった。ぼくの幼年時代のベンチ。このベンチの上で、世界はいつまでも今の状態にはとどまらないこと、けれども、この世界に生きる価値があることを学んだのだった。ぼくは今でもそのことを学び続けている。

彼ならこう言うだろう。それは決断だったと。

そして事実、ぼくは芝生の上を歩いてベンチに向かい、ベンチの前にしばらく立ったままでいようと決心した。ぼくはひとりきりで、静けさに包まれていた。ぼくの存在に気づくような人は誰もいなかった。一度、そしてもう一度ぼくはベンチの周りをぐるぐるとまわり、どんどんその輪をせばめていった。ようやく腰を下ろしたときの口の中の感覚。もう一度子どもに戻りたいという願望。もう一度驚きの目で見てみたい。つまり、ぼくの目がまっさきに病気になってしまったのだ。ぼくの心はただ目に従った。そのようにしてあまりにも薄い衣服を着て座っていた。もっと薄い肌の下では、ぼくの身体が震えていた。

6

それ以来、毎朝ぼくはここに引き寄せられてきた。雪が降るのを眺め、それがまた地面で溶けるさまを眺めていた。ちょろちょろ流れていく雨水。春とともに、人々とその声が流れ込んできた。ぼくは歯を食いしばって座っていた。喉に感じる吐き気。それは壁の裂け目であり、編みこまれていたものからぼくを解き放った。いちゃつくカップルがそばをささやきながら通り過ぎた。否応なく聞こえてくる言葉は謎めいていて、自分の知らない言語のように聞こえた。あたし、幸せやわ。言葉にでけへんくらい。ねっとりとした訛り。ぼくは吐き気を呑み込んだ。

　誰かがぼくに気づくなどありえるだろうか。もしそんなことが起こるなら、幽霊に気づくようなものだ。はっきり紛う方なく幽霊を目の当たりにしても、実際に見たとはつゆ信じられず、まばたきしてやり過ごす。ぼくはそんな幽霊だった。両親ですら、ほとんどぼくに気づかなかった。家の玄関や廊下ですれ違っても、信じられないように、おお、いたのか、とささやくのがおちだ。もう家族の一員に数えられなくなって久しい。息子はもういない。あの子はもうとっくの昔に死んでしまった。そう感じていたに違いない。生ける屍。少しずつそんなふうにして折り合いをつけてきたのだ。最初に感じたであろう悲しみは、あの子を取り戻すことはもう自分たちにはできないという認識にとって代わり、どんなに特殊な状況であっても、まさしくその特殊の中に、すぐにある秩序が現れた。そんな状況でひとつ屋根の下に暮らしていることも、外部に漏れない限り、ごく当たり前のこととみなしているのだった。

7

今日わかったのは、誰にも会わないのは不可能だということだ。この世に生きて呼吸している限り、全世界と出会っていることになる。誕生した瞬間から、見えない糸によって誰かと誰かは結びつけられているのだ。それを断ち切るには、ひとりの死以上のものが必要であり、異議を唱えても意味がないだろう。

彼が現れたとき、ぼくは何も気づかなかった。

今、彼が現れた、と言ったが、まさしくそうだった。五月のある朝、彼は突然現れた。ぼくは襟を立てて、いつものベンチに座っていた。一羽の鳩が飛び上がり、その羽ばたきにめまいを覚えた。目を閉じて、再び開けたとき、彼がいた。

五十代なかばのサラリーマン。白いワイシャツにグレーの背広を着て、赤とグレーの縞模様のネクタイをしていた。右手に、茶色の革製のブリーフケースを持っていた。それを前後にぶらぶら揺らしながら、肩を前にすぼめ、よそ見をしたまま歩いていた。疲れた様子だった。ぼくの方を見向きもしないで、向かいにあったベンチに腰を下ろした。足を組むと動きが止まった。微動だにしない。そっぽを向いた顔は緊張していた。彼は何かを待っていた。今、すぐ、何かが起こるのを。緊張した筋肉は少しずつほぐれてゆき、ため息をついて後ろにもたれかかった。それは何かが起こらなかったことによるため息だった。

ちらと腕時計を見る。それから煙草に火をつけた。煙の輪が立ち昇った。それがぼくたちの出会いの始まりだった。風がこちらに吹いてきて、強い煙草の匂いがぼくの鼻をついた。互いに名乗り合う前に、風がぼくらを結びつけたのだ。

8

それは彼のため息だったのか。あるいは灰の吹き払い方だったのか。ぼくはすっかりわれを忘れて見入っていた。彼が向かい側のベンチに座っている様子を、少しもひるむことなく眺めていた。

ぼくは最初、彼を慣れ親しんだもの、歯ブラシや浴用タオル、石鹸を見るように観察した。しかし突然、初めて見るかように何の先入観もなく見ていた。ぼくの格別の関心を呼び覚ましたのは、彼が醸し出す、ある種の親しみやすさだったのかもしれない。アイロンを当てたような彼の姿は、毎日毎日通りを埋め尽くすほかの何千もの人と変わりばえがしなかった。彼らは都会のはらわたから流れ出てきて、ひとつひとつの窓に空を分解させたかのような高層ビルの中に消えてゆく。彼らはどれも等し並みで、目立たないというのが特徴であり、きちんと髭をそった郊外の住民で、互いに取り違えそうなほどそっくりだった。たとえば彼がぼくの父であっても構わなかった。愛すべき父。そんな父がここにいた。そしてぼくも。

また彼がため息をついた。今度は小さく。こんな風にため息をつく人は、体のどこかが疲れているだけではないだろう。ぼくが想像している以上に、疲労困憊しているのだ。これは人生に疲れている人だ。首元をきつく締めつけていたネクタイを緩めると、彼はまた腕時計を見やった。正午に近かった。彼はお弁当を開けた。ごはんと鮭に漬物だ。

9

彼はゆっくりと、一口入れるごとに十回噛んで食べた。時間はたっぷりある。冷たいお茶をちびりちびり飲む。そんな様子をぼくはじっと見つめていた。ぼくはもう自分自身にはちっとも驚かなくなっていた。というのは、ほかの人が食べたり飲んだりするのを見るのは、ほとんど耐え難かったからだ。彼の動作は、大変用心深いものだったので、ぼくは自分の吐き気など忘れてしまっていた。あるいはどう表現すればよいのだろう。細心の注意を払って行動していたので、日常的な行いが何か意味ある行為に変容しているのだった。彼はお米の一粒一粒を、どれも同じような感謝の笑みを浮かべながら食べていた。

食べ終わると彼はまた普通のサラリーマンに戻っていた。新聞を広げてまずスポーツ欄を読む。巨人軍が大勝利をおさめた、と大きな活字で書かれてある。指でその記事をたどりながら、何度もうなずいている。指輪だ。彼は結婚しているのだ。既婚者で、巨人ファン。また煙草に火をつけた。それから一本、また一本と吸い続け、彼は煙に包まれた。

10

彼がいたせいで、公園は少し窮屈になった。ベンチはたったの二つしかなく、彼が座っているベンチとぼくの座っているそれとは、数歩しか離れていなかった。いつ彼は立ち上がって、帰るのだろう。太陽は南から西に移動していた。気温も下がってきた。彼は両腕を組み、新聞を膝の上に広げていた。学童の集団が騒ぎながら芝生の上をよろよろと通り過ぎた。ふたりの年配の女性が、自分たちの病気のことを話していた。人生なんてそんなものよ、と一方が言った、人は死ぬために生まれてくるんだから。彼は眠り込んでいた。重たい頭。新聞がぱたりと地面に落ちた。ときどき内部の感覚がないの、と言うのが聞こえた。もうすぐ最期かもしれないわ。

　眠っている彼の顔がほころんだ。銀色の髪が額に垂れかかり、まぶたの下ではある夢が別の夢を追いかけていた。太ももがぴくっと動いた。開いた口から細い糸のようなよだれが垂れているのが見えた。でもまだそれに対する言葉が浮かんでこない。今ようやく思いついた。共感だ。あるいは彼を包んであげたいという、とっさの衝動。

11

　ついに彼が目を覚ましたとき、さっきより疲れているように見えた。

六時。

彼はネクタイをきつく締め直した。公園は迫りくる夕べの騒音であふれかえっていた。ひとりの母親が叫んだ。おいで、もうおうちに帰るよ。まるで故郷に向かって叫んでいるかのようなやさしい響き。臍をひっぱられるかのような感覚。彼は額から髪をかきあげ、あくびをし、立ち上がった。右手にブリーフケースをもって、決心がつかずに一瞬待った。何を待ったのか。やがて灰色の背中は歩き始め、木陰に消えた。彼を目で追ったが、やがてまったく見えなくなった。彼を見失ったのは、彼と同じようにため息をついた、ほんの一瞬のあいだだったに違いない。

もう仕方がない。ぼくは身震いして、彼の影を追い払った。どっちみちもう二度と会わない人と、どんな関係があるというのだろう。さっきの吐き気が戻ってきた。まるで自分の身に降りかかってきたかのように、他人の運命をのぞき見ながら干渉するなんて、まっぴらごめんだ。吐き気がこみあげてきて、ぼくは両手両足から彼を振り払った。すでに言ったことだが、ぼくには何の予感もなかった。あの晩、ベッドに横になっていると、シーツは波打っていた。あの晩、溺れ死のうとしている寸前に、どうして壁に映った彼の顔が崩れていくのが見えたのか、まったくわからない。ぼくは予測不能の湖を漂っていた。カーテンの隙間を通して、夜空に月が浮かんでいるのが見えた。

12

あくる日、公園に向かって歩いているとき、彼のことが頭を離れなかった。夢の中で彼は米粒になったり、煙草になったり、野球の打者になったり、ネクタイになったりして現れた。最後のイメージはぼんやりとしていた。ひとりの男が壁のない部屋にいたが、一歩歩くごとに色あせてゆき、そのイメージをぼくはもみ消した。

自分のベンチにつくと、彼のベンチに誰もいないことにホッとした。彼が座っていたところには、何の痕跡も残っていなかった。ちょうど清掃係の人たちがごみ箱の中身を片づけていた。煙草の吸い殻はもう撤去されていて、プラスチック製の袋は空っぽだった。灰の残りかすでは、彼を思い出すことはできない。公園は以前のように広かった。砂利のあちこちからのびた雑草のひとつに、露がきらめいていた。ぼくはそのほうへ身をかがめた。それは朝日を浴びて、温かくなっていた。ふたたび立ちあがったとき、きのうのように、突然、彼が現れた。

歩き方ですぐ彼だとわかった。人をよけようとするとき、少し体を傾けるのだ。人ごみの中で移動することに慣れている人は、そんな歩き方をする。彼はきのうと同じ背広に、シャツとネクタイを身に着けていた。あのブリーフケースも揺れている。繰り返しだ。彼は腰を下ろし、足を組み、一呼吸おいて、後ろにもたれかかった。そしてため息。同じため息。鼻と口からドーナツ型の煙草の煙を吐いた。記憶から彼を消そうとしても、もう無駄だった。彼は確かに存在し、ぼくの心の中に根を下ろした。またあの人がいる、と言える人物となった。

13

彼は一切れのパンを持っていた。仰々しく紙袋からそれを取り出すと、半分にちぎり、またそれを半分にちぎって小さな玉をたくさん作った。そして目の前でクークー鳴いている鳩たちに撒いてやった。さあお食べ、と彼がつぶやくのが聞こえた。そして食べ終わると、シッシッ、と追い払った。白い羽が上から降ってきて、その一枚が彼の頭の上に舞い降りた。それは後ろにとかしあげた髪に引っかかり、彼にある茶目っ気のようなものを添えた。Ｔシャツと半ズボンをはかせたら、誰もが子どもだと思うだろう。しばらく経って彼が始めた退屈なしぐさも、子どもそのものだった。落ち着きなく体を前後に揺すり、かかとで地面を掘る。頬っぺたを膨らまし、吸い込んだ空気をゆっくり吐いた。

ぼくはたった今開封されて、際限なく広がっていく一日の強靭な永遠性に思いを馳せずにはいられなかった。いずれ彼はいなくなるだろうという確信は、彼が実際にいなくなったときの色あせた憂鬱に比べると無に等しかった。ぼくはさらに思いを馳せた。憂鬱という言葉は、ぼくたちふたりの顔に刻み込まれており、それがふたりを結びつけたのだ。ぼくらはこの言葉の中で出会った。

彼は公園でただひとりのサラリーマンだった。ぼくは公園でたったひとりのひきこもりだった。ふたりとも何かがうまくいっていなかった。本来なら、彼は高層ビルの中にあるオフィスにいるべきだったし、ぼくはぼくで、四方を壁で囲まれた自分の部屋で、しゃがんでいなければならなかったのだ。ぼくらが本来いるべき場所はここではなかったし、少なくとも、ここが自分の場所であるような振る舞いをすべきでなかった。はるか上空に一筋の飛行機雲が伸びていく。こんなにも青い、青い空をのぞき込んではいけない。ぼくはほっぺたいっぱいに空気を吸い込み、ゆっくりと息を吐いた。

14

正午になるとほかの人たちも彼のようにやってきた。小さな集団でやって来て、遠くに離れたベンチに腰を下ろし、ネクタイを肩から後ろに投げかけて、めいめいが弁当を広げ、楽しそうにおしゃべりする。待ちに待った昼休みだね、とひとりが笑いながら言い、足を伸ばす。その笑いはほかの集団に伝播してゆく。

なぜ彼は彼らといっしょにいないのだろう、とあれこれ推測にふける。もしかすると彼はどこかへ行く途中で、電車に乗り遅れたに過ぎないのかもしれない。だから待たねばならない。

あるいは、ただこうしているだけ。理由は説明できなかった。

今日の彼のお弁当は、おにぎりと天ぷら、それに海藻サラダだった。わり箸を二つにパチンと割り、動きを止め、手の甲でまぶたの上をぬぐった。奇妙なしぐさだ。見ると、引き締まった顎が震えている。泣いている姿を見てぼくは恥ずかしくなった。締めつけるような泣き方で、見ていたのはぼくひとりきり。しかしすぐ恥ずかしさは消えた。こんな真昼に誰が泣くだろうか。誰がこんなふるまいをするだろうか。彼だけでなく、それを見ているぼく自身も。ぼくの前で泣いてほしくなかった。彼は後ろのドアを閉めるべきだったのだ。泣くのはひとりでする行為だということを、知っているべきなのだ。アスファルトの上で押しつぶされた肉体を思い出して、ぼくは慄然とした。ぞっとする。その場に居合わせて、ただ呆然とするほかなかった。奇妙にゆがんだ白い腕が、ぼくのほうを向いていた。周りを取り囲んだ人々がぼくを見ていた。盲目になりたいほどだった。救急車のライトがぼくに叫びかけた。もう二度と他人の肉体とはかかわりたくない、と心の中で誓った。彼は知っておくべきだった。泣くことと死ぬことはひとりですべきだということを。

15

咳ばらいをして、彼は気持ちを落ち着かせた。顎はまだぶるぶる震え、まばたきもせずに直立している。彼は煙草をくわえたまま繁みの後ろに隠れた。ファスナーを開け、また閉じる。枝がポキッと折れる音。あまりに多くのものを見てしまった。彼が戻ってくる前に、ぼくは立ち上がりその場を去った。公園を出て、交差点を渡り、フジモト商店を通り過ぎた。家に着き、自分の部屋に入ると鍵をかけた。これでもう大丈夫。埃がちらちら舞っている。カーテンを閉めた。

翌朝、いつもよりも遅く目を覚ました。目覚まし時計の音をやり過ごし、また眠り込んでしまった。夢の中に、見えない糸が出てきて、呼吸を邪魔しようとした。息が苦しくなってとうとう目を覚ました。何も起きてはいなかった。何も起きなかったという原理に従い、今後も何も起こらないだろうという推論に従って、ぼくは出発した。

公園に足を踏み入れると、彼は新聞の上に身をかがめて座っていた。わきには空っぽの弁当箱。いびきをかいている。近寄って膝の上を見やると、見出しには〈巨人軍と勝利の秘密〉とあった。ネクタイはほどかれて、首の上にだらんと垂れ下がっている。ちりちりのうなじの毛。そっとしておこう。これもひとつの決断だった。そっとしておいて、いびきをかいているおじさんに名前をつける。とうとう彼に名前をつけるところまできたのだ。ホンダさんにしようか、いやだめ。ヤマダさん、これもだめ。カワサキさんでもない。そうだ、ネクタイさんにしよう。この名は彼にぴったりだ。赤とグレーの――。

16

ネクタイ。

ネクタイがあなたをつけているのです、あなたがネクタイをつけているのではなく。これはのちにぼくたちのお決まりの冗談となった。ネクタイがあなたをつけている。すると彼は笑みをうかべ、それからだんだん笑いがこみあげてきて、最後には大声を上げて笑い転げた。ご名答！　ネクタイをつけているのがわたしだ、と思うのは誤りだ。わたしは何もつけていない、何も。それから彼は急に口をつぐみ、黙り込んだ。沈黙。この沈黙を予想していたら、きっと別の名前をつけていただろう。いや、でもこの沈黙の前にあった笑いのために、彼をそう名づけたかいはあったというべきだろう。彼が笑うのはまれだったから。

この名前がぼくと彼を結びつけた。漠然とした共感のように、ぼくは漠然とした責任感を感じ始めた。彼のそばにいて、ひとりにさせないという責任感を。あの人をまた見かけた、という程度の人にではなく、あの人をよく知っているという人に対して責任を感じるなんて、奇妙な話だ。彼が寝ているとき、どんな息の仕方をするかもぼくは知っている。名前がぼくを巻き込んだのだ。立ち上がってそこから立ち去るだけの自由を、ぼくはもう感じなくなった。名前がぼくにまとわりつく。名前にはそれほどの力があるのだ。

17

半月が過ぎた。彼は毎週月曜日の九時きっかりに現れた。火曜日も、水曜日も、木曜日も、そして金曜日も。週末だけ来なかった。彼のいることが当たり前のようになってしまって、彼のいない公園にひとりでいることは寂しかった。そのときは意味がないように思われた。質問を投げかけてくる彼がいないと、ぼくは目的を達せられない、ただの疑問符だった。それは白い紙の上にポツンとあって、無の中に問いかけている。

あれは暗い雲に覆われた、六月の金曜日だった。彼が居眠りをしていると、小雨が降り始めた。彼は飛び起き、頭に新聞をかぶった。半ば捕らわれの身のぼくは用心深く持ってきた傘を広げ、その下に両足を引っ込めてうずくまった。小雨はやがて土砂降りに変わった。彼は雨の中に両手を伸ばし、新聞を落として、目を閉じた。雨水がその手の中に貯まるのをぼくは見ていた。彼は両手を合わせて杯の形にした。公園は一面、ぬかるみになっていた。あちこちで逃げまどう人々。健全な人なら、誰もこんな土砂降りに身をさらさない。彼は完全に我を忘れて骨の髄まで雨に濡れ、これ以上の幸福はないように見えた。その幸福そうな顔にぼくの目は釘付けになった。彼は目を開けた。すると思いがけず、ぼくたちの目と目があった。土砂降りの雨を通して。ぼくは飛び上がった。予想もしなかったことだ。ぼくのことを知っている、こんな思いがけないまなざしと出会うなんて。ぼくはひとりじゃない、あなたもここにいる。それから、彼はまた目を閉じた。

18

ぼくは誰にも気づかれずにいる状態、すなわち自分の殻から抜け出した。いや、この言い方は正しくない。彼のまなざしと、ぼくに向けられた認識が、ぼくの周囲の空間をほんの少し照らし出したのだ。毎朝、彼はぼくにうなずきかけた。ぼくもうなずき返した。夕方、帰るとき彼は手をあげて合図をし、ぼくもそれに応じた。沈黙の了解。あなたがいて、ぼくもいる。ぼくたちには、ただここに存在するという権利があるのだ。

ぼくたちのあいだに起こった変化は、たったひとつのこと。ぼくもそれに気づいていた。彼がぼくに気づいてくれたので、ぼくは彼の中でひとつのイメージを結んだのだ。今彼はぼくについてのイメージを持っており、彼の毎日の挨拶は、ぼくについて彼が抱いたイメージに対応していた。彼はつくづくとそのイメージを眺めた。静かに。彼のまなざしには押しつけがましさがなかった。ぼくは彼の記憶のなかに取り込まれた。彼は海辺の一日を思い出した。小粒のさらさらした砂、もじゃもじゃした砂地の草、父の髭、あごに残ったそり残りの剛い毛。ある晩秋の朝、彼の妻の背中に差していた強い日ざし、ショーウインドーの中の微笑み、偶然、彼にまとわりついてきた猫の毛……。彼の中には何千もの思い出やイメージがあったが、ぼくに気づいてくれたおかげで、ぼくもそのひとつになったのだった。

ぼくは成り行きにまかせることにした。彼がイメージを取り入れることができるように、ぼくはじっとして、自分のプロフィールを提供した。同じように彼を見つめた。また彼を自分の中に取り込んだ。こうしてささやかな面識からささやかな友情が生まれていった。

19

この時点ではまだ、互いに話しかけることは反則だった。そこにはひとつの境界線、砂利道があった。こちらがぼくの、あちらが彼のベンチ。そのあいだに、雑草が生え、ボールが転がり、追いかけてきた子どもが転ぶ。

二年間、ぼくは話すことを忘れようと努力した。正直に言えば、うまくいかなかった。身につけた言葉は、ぼくの奥深くまでしみわたり、なにもしゃべらないときでも、雄弁に沈黙を語っていた。ぼくは心の中で独りごとを言い、絶えず無言の中へ語りかけた。でもぼくの声は他人のように響いた。夜、ときおりびっしょりと汗をかいて悪夢から目を覚ました。お腹や肺、喉からもれる生々しい叫び声の中に、悪夢が続いていくのを感じた。誰だ、今叫んだ奴は、とぼくは自分に問いかけ、また布団をかぶった。どの音も生じてはすぐに消えていく、がらんとした風景の中をぼくはさまよった。ぼくが最後に発した言葉はこうだった。も、う、だ、め、だ、マル。震えるようなマルだった。そのあと何かがカチリと閉まった。いったん話すのをやめてしまってから、さらに話し続けるのに要する努力は、表現できないことを言葉にしようとする無駄な努力に匹敵するものだった。

ぼくの部屋は相変わらず洞穴のようだった。ここでぼくは大きくなった。ここでぼくは本当の意味において無邪気さを失った。大人になるということは何かを失うということだ。人は何かを勝ち取ると信じているが、本当は自分を失っていくのだ。ぼくはもう子どもではないことが悲しい。ごくたまにだが、今でも心の中にいる子どもが暴れるのを、聞くことがある。十三歳ではもう遅かった。十四歳。十五歳。思春期とは戦いであり、その終わりにぼくは自分を失った。鏡に映る自分の顔を見て、その中に芽生えつつあるもの、押し寄せてくるものを憎んだ。

ぼくの腕の傷はすべて、それを取り戻そうとしたことから生じた。数えきれないほど鏡を割った。ぼくは自分が勝つと信じている人間にはなりたくない。どんなスーツにも体がなじまない。息子に向かって、人は働かねばならない、という父に父親の資格はない。機械的な父の声。父は働いていた。父を見つめるたびに、ゆっくり、ゆっくりと自分が死に向かっていくような未来が見えた。働くなんて意味がない、とぼくは答えた。それからこう言った。もうだめだ。この最後の言葉がぼくの座右の銘となった。このモットーがぼくの指針となった。

20

こんなことを考えながらぼくがベンチに座っていると、九時きっかりに、どこからともなく突然、彼が現れた。あれは木曜日だったと思う。彼は重たい荷物のせいで背中を丸めたような姿でやって来た。ぼくは彼が一晩で老け込んだと思った。ぼくにうなずきかけたとき、首にしわが寄った。あ、またあなたがいるね。ぼくもうなずき返した。いやそれだけではない。ぼくはこちらに来るようにうなずいたのだ。自分でもわからなかったが、ぼくはこの年とった男にうなずきかけ、彼がためらいがちに、あの境界線を越えて、近寄ってくるときにもうなずきかけた。すると彼は、ぼくに煙草を一本差し出した。

オオハラ・テツといいます。彼はお辞儀をした。はじめまして。煙草は吸いませんか？　そりゃ、いい。全然吸わないほうがいいですよ。病みつきになりますからね。わたしにはこれがないとだめです。彼はぼくの隣に腰を下ろし、ふたりのあいだにブリーフケースを置いた。そしてライターに火をつけ、煙草をふかした。これだけは、と彼は言った、どうしてもやめられないんですよ。ふたたびぼくはうなずいた。全部試してみました。でもだめでした。どうしてもやめられないんですよ。根性が足りないんでしょうなあ。わかってくれますよね。しわがれた声。彼は咳をした。会社では、みんな吸ってます。ストレスがなくなることはないんですよ、会社では。彼は身をかがめて、煙草をもみ消した。その朝はずっと、ふたりはベンチでお互い黙っていた。うなずくことによって、ベンチはぼくたちのベンチになった。

いろんな人が来ては去っていった。ベビーカーを引いた母親。片足を引きずって歩く男性。よれよれの制服を着た、授業をさぼった生徒のグループ。地球はまわり、鳥たちは空高く飛ぶ。向かい側のベンチに一瞬、舞い降りた蝶。隣どうしで座りながら、ぼくたちは蝶が舞い上がるのを目で追った。もう後戻りはできないぞ、というかすかな予感。

21

弁当の包みを広げながら、キョウコが作ってくれたんですよ、と彼は言った。唐揚げにポテトサラダ。妻の手料理です。料理がすごく上手なんです。食べてみます？　やめときます？

彼は困惑の笑みを浮かべた。いいですか、妻は毎朝六時に起きて、お弁当の用意をしてくれるんです。三十三年間も。それに何よりも、おいしいんです。彼はお腹をさすった。そしてつかえながら、わたしにはもったいないくらいです。でもわたしは幸せもんですよ！　こう言って、またお弁当の方を眺めやった。

パジャマ姿で台所に立っているキョウコさんの姿が目に浮かんだ。油がジュージュー鳴っている。袖には油じみがひとつ。みじん切りにしてかき混ぜる。皮をむき、切る。塩で味つけ。

家中にそうした音が響きわたる。彼は目を覚ます。半分まだ眠ったまま考える。幸せだなあ。彼は、もうこれ以上堪えられない悲しみの限界でそう思う。おれはなんて幸せなんだろう。彼はベッドから起きて、バスルームに行く。洗面台の上に身をかがめ、栓をひねると氷のように冷たい水が出る。顔をひたす。つづいて髪、うなじ。さらに栓をひねる。顔を上げる。ふたたびかがんで、水に顔を沈める。栓を閉める。顔を下にしたまま。ゴボゴボと音を立てる排水溝。栓を開く。閉める。開く。閉める。水がどんどん小さな水滴に分かれていくのが見える。洗面台のはしに歯磨き粉がついている。白い色の上に、さらに白い色。彼は指でそれを拭う……。

……キョウコは知りません。軽いげっぷ。彼は自分に言い聞かせるように言った。キョウコは、わたしがここに来ていることを知りません。言えなかったんです。彼はとぎれとぎれに言った。言えな、かった、かい、しゃを、く、び、に、なった、こと、を。

22

その後は沈黙。こうしてぼくは秘密の共有者となった。初めて話しかけられただけで、ぼくたちは秘密をめぐる同盟者となったわけだ。それはぼくの両足に重みとなってのしかかり、立ち上がって去ることがどうしてもできなくなった。彼はぼくにだけ心を打ち明けてくれた。ぼくは重く締めつけてくる自分の靴を見つめた。型崩れした、ボロボロの靴。五十センチ前で彼はかかとを立てていた。ピカピカに磨かれた黒い革靴。父の靴、それがぼくの頭を撃ち抜いた。ときどき誰かに打ち明けようという衝動が彼にはあったのだろうか？　苦々しくも気づいた。彼について知っていることと言えば、三時間たらず前にはじめて聞いた名前くらいじゃないか。このまま隣に座り続け、ブリーフケース越しに、またうなずき返す理由などあるだろうか。

おかしな話です。彼はまた話し始めた。そのことをキョウコに言いたくなかったわけではありません。話そうとしたのです、でもあのときは、そうする気になれなかったのです。何かがわたしを押しとどめました。おそらくは習慣が。彼の口から灰色の煙草の煙が出た。早起きして、顔を洗う習慣。ネクタイは妻が結んでくれます。出がけにわたしは大きな声で言います。いってきます、と。妻は、いってらっしゃい、と言って手を振る。最初の曲がり角でもう一度振り返ると、妻はまだ家の前で手を振っている。まるで風になびく旗のように。ああ、走って戻ることができれば。でもバスがやって来る。仕方なく乗車して駅に向かいます。A行きの急行。次はO行きの地下鉄。彼は笑った。すべては進んでいきます。わたしを除いて。彼はまだ笑っていた。大丈夫。

23

で、あなたは？　何の用でここへ来たの？　ぼくは肩をすくめた。理由はないの？　まだ若いなあ。十八歳？　ぼくは凍りついた。十九歳？　二十歳？　信じられない、そんなに若いなんて。これから先、何でもできるじゃない、過去を振り向かずに。彼はため息をついた。自分にもこんな若い日があったなんて、信じられないなあ。あの頃。それにどんな意味があるんだろう。つまりね、誰にとっても年齢がすべてなんですよ。わたしは昔も今も未来も五十八歳。でもあなたは。ただ何歳を選ぶかは、気をつけて下さい。一度くっつくともう取れなくなるから。選んだ年齢は接着剤のように固くなって、身動きが取れなくなるから。ただしこの知恵は自分で考え出したのではないんですよ。本で読んだんです。いや映画かな。もう思い出せません。とにかく覚えているんです。信じがたいことに。死ぬまで、覚えているんです。

彼が新聞を読んでいるあいだ、ぼくは彼が言ったことを考えていた。でも考えれば考えるほど、〈何が〉が抜け落ちて、それに代わって〈いかに〉がぼくをとりこにした。彼の語り口は古めかしく、言葉にある渋さがつけ加えられていた。〈若い〉にしても〈信じられない〉にしても、彼が口にすると、どちらもピリッとした響きが付加されて、どちらも同じ言葉に聞こえた。長く沈黙していると、こんな風に話すんだろうなと考えた。どの言葉も同じに思えて、ある言葉が別の言葉と違うことがほとんど理解できない。接着剤と人生でさえ、さほど大きな違いがないように思える。

24

突然、彼は睡魔に襲われた。それはスポーツ欄の二ページ目を読んでいたときにやってきた。背もたれに寄りかかり、頭を垂れ、うとうとと眠り込んだ。てのひらは巨人軍のチームの写真の上に開かれていた。手相が見えた。二本の感情線が交差している。右手の人差し指にはべとべとした黒いインクがついている。やっぱり子どもみたいに無邪気だ。無邪気なときは無防備だ。ふたたびぼくは、彼を包んであげたい、彼を不幸から守ってあげたいという自然な衝動にかられた。

彼が目を覚ましたとき、五時半を回っていた。あくびをしながら伸びをし、目から砂をぬぐった。あと数分で、と彼は目をしばたかせながら言った、一日が終わります。今日は残業なし。彼は新聞をたたんだ。一番の仕事は家に帰ることです。ドアを開けて、玄関に立って最初に言う言葉。ニンニクと生姜の匂いがする。湯気を上げている野菜。玄関に立ってこの匂いを体中に吸い込みながら、こう言います。ぼくにとっての一番の仕事は家に帰ることだよ。キョウコは、ばかねえ、あなたは、と叱ります。〈あなた〉には愛情のこもった響きがある。不快感はまったくない。理解できますか？　妻はもっとひどいことも言えたんですよ。嘘つきとかペテン師とか。にもかかわらず、いつもひたすら願っているんですが、わたしをばか呼ばわりしていても、愛情がこもっているんです。もし妻に本当のことを言ったら、どんな反応が返ってくるか、できるなら知りたくありません。それはなぜか。妻は、現実よりもずっとずっと、幸せであるべきだからです。

25

六時五分前。彼はさほど慌てもせず、ネクタイを締め直した。むしろ、自分を抑制しなければならないかのように。勒《くつわ》をつけた馬が、自ら手綱を引っ張る。何度も腕を空中でぶらぶら振って、シャツの袖を延ばし、腕時計を見た。では帰ります。六時三分前。いや、もう少しだけ。六時二分前だ。じゃあ、本当にこれで。六時一分前。それでは。また、明日ですね？　ぼくはうなずいた。彼はほとんど聴き取れない声で言った。ありがとう。最後にちらっと手首を見る。六時ちょうど。サッと、彼は立ち上がった。ぼくもそれにならった。目と目が合った。背丈も同じくらい。さようなら。ぼくの声。ガラスのように透明な声が、二年間の沈黙を破った。それは、さようならだった。子音と母音がきちんと噛み合った。もう一度ぼくは黙り込んだ。ややあって、また言葉が出てきた。タグチ・ヒロ、といいます。二十歳です。二十歳が、ぼくが選び取った年齢だった。ぎこちないお辞儀をして、彼が去ってしまうまでその姿勢を取り続けた。奇妙な満足感が残った。まだ自己紹介ができる。忘れていなかったのだ。たとえ自分の名前が舌の上でバラバラになっていたとしても。

26

家に向かう途中、ぼくは想像の中で彼の物語を紡ぎ続けた。彼がぼくに打ち明けてくれただけで、十分だったのかもしれない。今晩家に帰って、奥さんに打ち明けるかもしれないではないか。いや、そうならないかもしれない。最後の貯金を使い果たすまで、先延ばしにするかもしれない。あるいは、もしかするとキョウコさんが真相を嗅ぎつけるのを期待しているのかもしれない。ある朝不穏な気持ちで目を覚まし、何かがおかしいと気づくのを。キョウコさんが探偵を雇って、彼の計画を見破り、釈明を求めることだってありうる。たぶんぼくらはその点で似た者同士なのだ。ぼくらはすべてが自分たちのもとを離れていくのを眺め、事態をもう元通りにできないことに、奇妙な安堵感を抱いていた。たぶん、ぼくたちが出会った理由もそこにあるのだろう。〈今〉と〈ここ〉から逃れ、起こってしまったことを後戻りさせることはできないことを同時に否応《いやおう》なく、確認するために。だからたぶん、彼の物語はぼくの物語でもあるのだ。彼が辞めたこと、そして、そこから後戻りできなくなったという内容は——。

こんなに多くの人びとが家路につく。どの靴も同じ歩調を刻んでいるが、ぼくはそのテンポについていけない。少し離れた街灯の下に、仕事帰りの父を見つけた。花盛りの低木を通り過ぎ、ずっと地面を見つめながら近づいてくる。まだぼくに気づかない。ぼくはとっさに自動販売機の裏に隠れた。公道で出くわして、何も言葉が見つからないという気まずさを避けたかったのだ。父が角を曲がってから、さすがにひとことも声をかけなかったことに、心が痛んだ。

27

すばらしい天気じゃないですか。こんな雲ひとつない青空なら、海に出かけるのが一番でしょう。でも残念。彼は頭を振りながら、自分を見下ろした。自由なはずなのに自由ではない。でも明日はまた別の日が始まる。彼は座ってため息をついた。そう、タグチ・ヒロさんですか。わたしはね、あなたが口をきけないと思っていたけれど、それは多少は当たっていたようですね。もちろん、わたしの言うことを理解してくれるなら、本当はそうではないですよね。彼は顎を掻いた。彼の後ろの樹木の緑の前で、女性ランナーが腕をぶらぶら振っていた。赤いヘアバンドをしたその女は速足で駆け抜けていった。通りからはかすかなクラクションの音。車の騒音が強くなったり弱くなったりする。その音は周囲の樹木でかき消され、ぼくらを取り囲んでいる円の内側までは伝わってこない。

突然、彼は話の続きを始めた。わたしがここに来ていることを、キョウコが知ってくれたらいいのですが。妻はわたしの共犯者であり、直感的に、腹の底ではわかってくれていると想像するのは、わたしにとって慰めになりました。みじめですよね。妻が自ら進んでわたしに力を貸してくれると想像するなんて。今朝早く、ネクタイを結んでいるとき、妻は真顔でこう言いました。もし人が、すべてをひと思いに破壊して、まったく別なものに変えるくらい勇気があればいいのにね。そう言って妻は短く息を吸いました。それが妻に告白する潮時だったのかもしれません。でも妻はもうネクタイを結び終えていて、恥だけが残りました。わたしは自分の恥を恥じました。それをわたし自身と妻から隠すために、どれほど大きなエネルギーを費やさねばならないか。というのは、わたしは仕事を失っただけではなかったからです。一番重くのしかかってきたのは、自尊心の喪失です。自尊心の喪失とともに、あらゆる敗北が始まります。満員のプラットホームの隅っこに立って、近づいてくる列車のライトを見て、レールに飛び降りれば確実に死ぬ瞬間があることに突然気づく。一歩前に踏み出す。今だ！　今だ！　と感じ、それから、虚無！　真っ暗な虚無！　やっぱりできない。満員の列車が入ってきます。通り過ぎていく列車の窓に人々が映っていても、自分の顔がどこにあるのか、もうわからないのです。

28

さあて！　彼は伸びをした。でももう終わりにしましょう。わたしばかりしゃべっていて、ピリオドを打てない人だと思っているんでしょう。もうわたしの話はいいから、次はあなたの番。何か話して下さい。

何を？

なんでもいいから、最初に思いついたことを。聞いてますから。

そして彼はベンチの背もたれに寄りかかって、本当に聞くことだけに集中しているように見えた。

何から始めよう？　ぼくは彼の求めにふさわしい言葉を探した。難しいです、とぼくは言った。思いついた最初の言葉は、何かを語るのは難しいということだった。すべての人間は物語の集積だ。でもぼくは躊躇した。物語を集めることが不安でならない。いっそ自分が、何も起こらなかった人間ならよかったのに。あなたが明日の早朝、電車の前に身を投げると仮定しましょう。今日ぼくがあなたに話すことにどんな効果があるのでしょう。そもそも効果などと言えるでしょうか。すでに言ったように、難しいのです。ぼくが最初に思いついた文はこうです。われわれは溶けていく氷の上を滑っている。

すばらしい文です。彼は繰り返した。われわれは溶けていく氷の上を滑っている。それはあなたのこと？

違います。ぼくのことではなく、クマモトのことです。ぼくは唾液を呑み込んだ。クマモト・アキラ。

言葉の洪水がぼくを襲った。ぼくは何年も旱魃《かんばつ》が続いた河床さながらだった。今その上に土砂降りの雨が降ってきた。地面はたっぷり水を吸い、もう持ちこたえられなくなった。水面は上昇し続け、堤防を越え、木々や植え込みをなぎ倒し、路上にあふれ出た。ほとばしり出たすべての言葉にぼくは解放を感じた。

29

クマモトは詩を書きました。彼の学校のノートは詩でびっしり埋まっていました。いつも完璧な詩を探し求める。それが彼の固定観念でした。鉛筆を耳の後ろにはさんで座り、周りの世界からは孤絶した、根っからの詩人、いや詩そのものでした。

ぼくたちは最終学年で同じクラスになりました。どちらも卒業しなければならないというプレッシャーがありましたが、彼はぼくより気楽に構えていました。いや、むしろそんなふりをしていたのです。もし自分の道があらかじめ決められているのなら、何のための勉強だい？

と彼はからかって言いました。先のことはわからないよ。おれの前に先人たちがたどった足跡。おれの曽祖父、祖父、父はみんな法学者で、おれのために道を用意してくれたんだ。何も学ばなくてもいい。すべてお膳立てをしてくれたんだ。おれはただそれを反芻し、あとから吐き出すだけ。おれは彼らに借りがあるんだ。見ろよ！　クマモトはぼくに破れた一冊のノートを見せました。父は、社会には変人はいらないと考えている。それはその通りだ。それに対しておれは何もできない。おれは何時間もかけて、むなしくこれを貼り合わせようとしたんだ。

セロテープの下に読み取れました。地獄は冷たい、と。

今までに書いた言葉の中でもっとも完璧な言葉だ、とクマモトは言いました。

地獄の炎は少しも暖かくはない。

ぼくは凍死する。

この燃えている砂漠ほど冷たい場所はない。

太い鉛筆の文字が薄い紙を圧迫していました。紙が引きちぎられている箇所もいくつかありました。なんでもないさ。クマモトは自分の胸を三回叩きました。全部ここにある。おれの辞世の詩が。

30

最初、ぼくは彼を理解できませんでした。彼が書いた詩と同じくらい、彼のこともほとんど理解できませんでした。ぼくは詩を読み、詩を作っている言葉、地獄や火や氷を理解しました。でもそれらの言葉が示している深淵を理解するには、深みへ降りていく解読法が必要ですが、ぼくはその前でしり込みしてしまいます。その理由はおそらく、自分自身もそこにいることを認めたくなかったからでしょう。それに、あの頃ぼくが彼を理解していたなら、いくらか違った結果になっていたかもしれません。でも、それは誰にもわかりません。何がよいことで、それがよいことだとみなせるかなど、誰にわかるでしょうか。クマモトがあの頃使った言葉で、よい意味の言葉はひとつも思い出せません。

にもかかわらずぼくたちは友人に、いや親友になりました。周囲を気にせずわが道を進む彼を賞賛しました。彼は光を発していました。それは、自分がどこへ向かっており、たどり着いた場所で自分がどんなに孤独になるかを知っている男の放つ光でした。彼には他人の意見などどうでもよかったのです。彼は自分のことを笑う人といっしょに笑いました。まるで自分の父について話すように彼は言いました。あなたの言うことはごもっともです。ただそのために自分は何もできません。目くばせをしながらそう言いました。それが彼のおまじないでした。

ぼくのどこが彼の気に入ったのでしょう？

わかりません。もしかするとぼくが彼を心の底から信じていたからでしょうか。ぼくは彼と彼の明るさを信じました。いつまでも若くいられる人がいて、その人はたとえぼくが死んでも、いつまでも、髪が真っ白になっても、完璧な詩のことを夢みるだろうと思ったのです。

31

ぼくたちはたいてい、夕方に会いました。クマモトは黄昏《たそがれ》が好きでした。彼は言いました、光はね、悲しむと同時に楽しんでいるんだ。光は過ぎ去ってゆく昼を悲しみ、明け始める夜を楽しみにしている。ぼくたちは当てもなく街をさまよい歩きました。後ろにぼくを従えながら、クマモトの周りには未知の風景の香りが漂っていました。彼は表面が凍りついた土と、その下に隠れたままになっている珍しい植物の匂いがしました。それが芽を出せば、とぼくは自問しました、何が地面から出てくるのだろうかと。

答えは交差点でした。

クマモトは立ち止まりました。彼の頭の上には、シャンプーの広告のネオンの文字が躍っていました。さまざまな男や女が、弧を描いてそばを通り過ぎます。ぼくたちは逆巻く波の真ん中に浮かぶ小島でした。クマモトは急にぼくにしがみつきました。彼は両手でぼくの腕をつかみました。わかったんだ、彼は叫びました、完璧な詩などないことが。彼の言う完璧さとは、不完全性にあったに違いありません。お前にわかるか？　ぼくはわかりたくありませんでした。彼はぼくの耳にささやきました。おれの頭にはイメージがある。はっきりと見えるんだ。

ものすごくどぎつい色をしている。でもはっきり思い浮かべた瞬間、爆発してしまい、紙に書いたものはバラバラの断片にすぎず、全体はなくなっている。わかるか？　それは壊れた花瓶の破片をひとつずつ繋ぎ合わせるようなものなんだ。でも破片はあまりにも細かく砕けてしまっていて、どれがどれに繋がるのか、どう貼り付ければいいのかわからず、いつも破片が残ってしまう。でもこの余った破片が、詩を作るんだよ。だからこそ詩に意味があるんだ。彼の声は熱を帯びていました。おれの辞世の詩は、花瓶のようなものになるだろう。繋ぎ合わせても隙間から水が漏れるような花瓶さ。

彼はぼくを放しました。ぼくはよろめきました。彼の指がぼくの手に食い込んでいました。

君は病気だよ。ぼくはささやきました。

彼は言いました。お前もな。

それは警告でした。ぼくは聞き流しました。

32

数日後、クマモトは物理の授業中、ぼくに一枚の紙切れをそっと渡しました。今日の八時、交差点で、埋め合わせをしたい、とそこには書かれてありました。その紙切れは今でももっています。勉強机の何番目の引き出しにしまってあるかまで、はっきり覚えています。昆虫が閉じ込められた太古の石の下にあるのです。ときどきそれを取り出しては、一語一語、祈りのようにつぶやきます。今日の八時、交差点で、埋め合わせをしたい。

彼の病気は？

それは彼の揺るがない意志だった、と思います。彼は何が何でも埋め合わせをするつもりでした。父祖に対する負い目を解けなかったことも、ずっと明るくふるまい続けることもできないこともわかっていました。自分には責任がない、と永遠に言い続けることはできない。ある年齢を超えると——それに彼は達したくはなかったのですが——、常に責任があることを認めなければならない。これが彼の病気だったのです。何も完璧ではないことを悟るにも、そこから正しい結論を引き出すにも、彼は若すぎました。それはまたぼくの病気でもあったことを、彼は警告しようとしたのかもしれません。

あの晩、ぼくが家を出たとき、空気はじめじめとしてむっとしていました。濡れタオルに体を巻かれているかのようでした。気持ちは昂ぶり、濡れたアスファルトの上を夢中で走りました。かなり離れたところから彼の姿が見えました。彼はぼくの方に顔を向け、燃えるようなまなざしでぼくを見つめました。手を上げて、何か叫びました。口が開かれ、また閉じました。でも何を言ったのかわからなかった。彼は水泳の選手のように、目を丸くしているぼくの目の前で、周囲を見回すことなく、往来する車の波の中に飛び込んでいきました。通りの騒音にかき消されて、彼の叫び声は聞こえません。高く手を伸ばす彼。急ブレーキの音。何秒かのあいだ、手はまだ重たい空気をつかんでいます。それからぱたりと落ちる手。誰かが叫びます。事故だ！　ぼくはあえぎながらその場所に近寄りました。ぼくのわきに突き出た肘がありました。通行人の人ごみをかきわけると、血まみれのクマモトがいます。白くて細い、彼の腕。けたたましいサイレンの音。ぼくは後ずさりしました。何も見えず、目がくらみました。誰かがぼくを遠くに突き飛ばす。どうしました、大丈夫ですか？　ぼくは歩道の上にくずれ落ちました。すぐわきには口の開いたごみ袋。腐った肉。ぼくは意識を失いました。意識を取り戻したとき、彼の姿はもうありませんでした。はるか上方のマスクの広告。大丈夫ですか？　ぼくは立ち上がり、その場を去りました。

33

ぼくは足を震わせながら帰宅しました。道すがら出会う人はみな、クマモトの目をしていました。どこもかしこもクマモトだらけ。ぎっしりつまった肉体とその下の骨と臓器。永続するものはなにもない。彼の死は——本当に彼は死んだのでしょうか？——ぼくにレントゲンの目を授けてくれました。ぼくの先に立って歩いていた女の人を思い出します。美しく、華奢《きゃしゃ》なひとでした。その背中を見つめ、息を吸ったり吐いたりしながら、歩行に合わせて揺れ動く背骨を眺めました。そのとき突然ひらめいたのです、この背骨は死に向かって歩んでいるのだと。

ひとりの男が女に向かって走り寄り、抱きしめ、両手にキスをしました。彼もまた、灰と塵でした。あるいはぼくの両親を思い出します。母は骸骨で、テレビの前に座っていました。父もまた骸骨で、泡がたっぷりのビールを飲んでいました。ああ、お前、やっと帰ってきたか。穴の開いた目で骸骨はぼくを見つめました。お前はこの先どうなるのかね、という声が聞こえました。こんな夜遅くまでほっつき歩いて。忘れたのか、自分の将来を。父は生のソーセージに噛みつきました。むき出しの歯。ぼくは廊下によろめきました。ぼくの影が、ぼくの後から部屋に入り、音もなくドアに鍵がかけられました。

34

はい、一口飲んで。何か飲まないといけない。

赤とグレーの縞模様のネクタイの声が、ぼくを公園に連れ戻した。

ゆっくりと、彼は言った、そう、それでいい。

うれしかったのは、彼がそれ以上何も言わなかったことだ。

何を言えばいいのでしょう、ぼくは続けた。言葉が枯れてしまったとき、何を言えばいいのですか。背後でドアが閉められたとき、ぼくは言いようのない空虚を感じました。ぼくは何もしゃべらず横になって、もう一度交差点のことを思い浮かべました。クマモトの口。彼は何を叫んだのか。彼の唇から読み取ろうと試みましたが、何度やってみても失敗に終わりました。あれは何かの言葉だったのか。たとえば自由とか。命？　幸福？　それとも〈いやだ〉だったのか。あるいは逆の〈そうだ〉か？　ただの挨拶？　ひょっとして、〈あばよ〉？　名前だったのかもしれない。父さん？　それとも母さん？　あるいは意味のない言葉だったのかもしれない。知ろうとすること自体ばかげていました。

その夜、ぼくは朝まで放心状態で過ごしました。眠れませんでしたが、それでも夢遊病者のように眠りました。目をつぶるたびに、ぼくの記憶の暗い部屋で、クマモトの手が、むき出しのまま、恐ろしく孤独に、黒いアスファルトから突き出しているのが見えました。その手は周りに立っている大勢の人の中から、よりにもよってぼくに向けられていました。とりわけぼくを驚かせたのは、突然自分の中に恥が込み上げてきたことです。それはこういうものでした。彼なんか知らない。彼とぼくは何の関係もない。そこに横たわって、苦しんでいる彼から、追い払われてもちっとも構わない。この恥は、やってきたときと同じように、突然消えていきました。それはごく自然な反応だったとあとで信じようとしましたが、無駄でした。ぼくは恥を感じ、その感情は依然として残り、ともに怒りを覚えました。なぜクマモトは自分にかかわることだけを公にしたのでしょう。なぜ彼はぼくにそのような卑怯な恥を押しつけたのでしょう。もうけっして、とぼくは誓いました、だれの味方にもなるものか。もうけっして、だれかの運命に巻き込まれたくはない。ぼくは誰にも心をかき乱されない、時間の流れない空間に入りたかった。外の世界での生活は今まで通りに続くのでしょう。ぼくはそれを締め出して、そこから身を隠し、そこで自分自身に起こったことを認めたくありませんでした。クマモトの辞世の詩のひとつの破片がぼくのまなざしに突き刺さり、意味を獲得しました。

35

翌朝、ぼくはずっとベッドに寝ていました。何も特別なことではなく、学校をさぼったことは何度もあります。三、四日間、家に閉じこもっていたこともありましたが、うまい理由を思いついたので、みんなぼくを放っておいてくれました。一番大事なのはよい成績を取ること。欠席した授業は、まだ残っていた勤勉さですぐに取り戻すことができました。

しかし、今回はいつもと違ったのです。

一週間が過ぎ、両親は心配しました。それからの一週間は不機嫌でした。その後の一週間は絶望していました。それからまた不機嫌になり、最後は心配し始めました。そんな繰り返しが続いているうちに、週と月、月と年の区別がもうつかなくなりました。ぼくは部屋の鍵を閉めました。むなしいノック。ぼくは答えない。両親が心配しているか、不機嫌か、絶望しているかによって、ノックは灰色や、黒や、白い音がしました。それは、ぼくを吸い込み、暗い森の静けさに似ていた沈黙に色をつけました。曲がりくねった道を歩いていくと、梢は揺れ、太陽は枝を通して斜めに落ちます。幾条もの光線の中で、蜘蛛の巣が夢の糸からなる華奢な織物を揺らしている。ふと考えます。ここはなんて静かなんだろう。でも次の瞬間にはそれは思い違いだったことに気づきます。森の静けさは充満した静けさなのです。それは鳥たちの声、朽ちた木材の折れる音で満ち溢れている。甲虫たちがぶんぶん飛びまわり、枯れ葉が弧を描いて落ちる。音楽のように沈黙がつぶやく、始まりも終わりのない歌のように。この歌からほかのすべての歌が生じたのです。自分の部屋で気づきました。静けさは生きた身体をもっている、と。台所の蛇口からしたたる滴。母のフラシ天のスリッパ。電話が鳴る。冷蔵庫が開く。父が音をたてて飲む。ふさがれた鍵穴を通して、外のものが息をするのを聞き、自分自身の息をそれに混ぜなくてもよいことにほっとしました。頭皮がかゆい。髪が伸びたことに気づきました。

36

彼からまた連絡はあったの？

誰から？

クマモト。

いいえ、ぼくは首を振った。彼がその後どうなったか、知らないんです。正直言うと、そのことは知りたくないんです。

どうして？

彼は自分の詩を書きました。わかりますか？　今ぼくは自分の詩を書いています。

でももし彼がまだ生きていたら……

……それでもぼくは自分の部屋で二年間過ごしたと思います。ぼくは青春の二年間を捧げたんです！　彼に捧げたんです。ぼくには彼が魂の奥底で死ななければならなかったとしか、思われません。

君の詩を、読んでもいい？

まだ完成していません。

でもそこにあるでしょう。

どこに？

君の手の甲に。

多くの傷跡。慌ててぼくは隠した。

37

ごぼう、スパゲティサラダ、コロッケ二つ。

残ったいくつかのパン屑を、彼は羽ばたきながらぼくたちのまわりに集まってきた鳩たちにばらまいた。彼が地面を踏みならすと、鳩たちは飛び去った。しかし首の毛を逆立ててまた戻ってきた。さっき追い払われたことをもう忘れている。かわいそうな動物たち、と彼はつぶやいた。きっとひどいことでしょう、記憶がないなんて。でも人間が考えるほどひどくないのかもしれません。人がすべてを忘れてしまうのなら、自分にも他人にも、すべてを許しはしないでしょうか。後悔や罪の意識から解放されないでしょうか。電気のようなパチパチという音をたてて、彼は袖でズボンの見えない染みをぬぐった。いやちがう、それでは単純すぎるでしょう。許すためには、本当に自由になるためには、毎日毎日、思い出さなければなりません。

もっと話し続けますか？

ええ、ぼくは許したいんです。文章はぼくの中から自然に出てくるんです。

ぼくは続けた。ぼくは典型的なひきこもりではありません。ときどき家族が、ぼくが読むようにとドアの前に置いていく本や新聞の記事に書かれている人たちとは違います。ぼくはマンガを読みません。昼間はテレビの前に座らないし、夜はパソコンの前に座りません。飛行機のプラモデルも作りません。テレビゲームは苦手です。自分の名前や遺産からぼくを守ろうとする以外に、何も気分転換になることはありません。ぼくはひとりっ子です。さまざまな欲望がうごめく肉体から、ぼくは自分を守ろうとしました。座って過ごした二年間に、ぼくの肉体が一日に三度ぼくを襲いました。ぼくはドアまで忍び寄り、ほんの少しドアを開けて、母が置いていった盆をとりました。家に誰もいないとき、部屋から抜け出して風呂に行き、体を洗いました。自分を洗おうとするこの欲求は奇妙でした。歯を磨き、長くなった髪をくしでとかしました。鏡をのぞき込むと、まだぼくがいました。のどまで込み上げてきた叫びをこらえました。なんとかしてわが身を守ろうとしました。自分の声と言葉から。典型的なひきこもりなんて、そもそも存在するのかどうかわからないと、今しゃべっているこの言葉から。さまざまな部屋があるように、ひきこもりにもいろいろな種類があって、さまざまな理由から、またさまざまなやり方でひきこもっていくのです。これは本で読んだのですが、いつも同じメロディーをたった三弦のギターで練習するだけで青春時代を過ごす人もいれば、貝殻を集めるだけの人もいるそうです。夜、暗くなるとその人は頭にフードをかぶって海辺に出てゆき、明け方に帰ってくるそうです。

38

幸運だったのは、今日までみんなぼくを放っておいてくれたことでした。というのも、なかにはおびき出された人もいるからです。また元のところに戻す、回復すると約束する。仕事と成功。こんな口先だけの約束で、少しずつ社会へ、大きな共同体へと連れてゆかれる。そこで気に入られるように順応させてくれる、調和させてくれるのだと。でもぼくは幸運でした。考慮の対象外でした。誰もソーシャルワーカーを送り込んで、部屋の前で何時間も説得するということをしませんでした。ときどき拾い読みする本や新聞の記事、父のアフターシェーブローション、にぶいノックの音、おにぎりの中に残された母の指紋、このささやかな生活だけでもう十分、じっと潜んでいることができました。それがぼくに認められていたのです。ぼくがひきこもることを認めてくれた家族の一員であったことは、幸運でした。いいですか、家族の恥だから、ぼくがひきこもりであることは誰にも知られてはいけないんです。近所の人には、ぼくが交換留学でアメリカに行っていると言っておき、ぼくがまた外出するようになってからは、帰国したんだけれども、故郷に慣れるためにはまだ時間が必要だと、口裏を合わせていたのです。本当に幸運でした、家族がぼくのことを恥だと思ってくれて。

　そしてひきこもりだと、非常に早く気づいてくれたのも幸運だったのかもしれません。見通しのつかない時期に、こうした出来事とその成り行きから、原因と結果の相互作用から解放されたのは幸運でした。目の前の人間らしい目標がありながらそれに到達しようという意思もなく、何も起こらない場所にいつまでもとどまっていること。コートの外で静止したまま、動こうとしないボール。自分自身を締め出すことによって、さまざまな接触と関係の目のつんだ織物から解放され、何にも関与しなくて済むということで気分が軽くなるのです。何にも貢献しなくてもいいという、この安堵感。そして最後に、この世界なんかもうどうでもいいと白状します。

39

家族の中にひきこもりがいると厄介です。とくに最初がそうです。そこに敷居があって、その後ろに部屋があり、その中で彼が死んだふりをする、ということはわかっています。彼はまだ生きており、ときどき物音が聞こえますが、行ったり来たりする音が聞こえるのはまれです。ドアの前に食事を置いておくと、そのうちになくなっている。待つのです。そのうちお風呂やトイレに行かなければなりません。でもひたすら待つのです。最初のうちぼくは、自分の存在を誰も邪魔しないと確信が持てるときにだけ部屋の外に出ました。ぼくの存在は、ぼくがいないことにあるのです。ぼくは誰も座らない座布団であり、空席のままの食卓の椅子であり、ドアの前に戻した皿の上の齧《かじ》りかけの梅干でした。ぼくはいないことによって、そこにいなければならない、いるときは何かを成し遂げねばならないという規則に違反したのでした。

しかしまた、家族にひきこもりがいるのは、さほど難しいことではありません。最初の絶望は雲散霧消します。人は自分の失敗に長く絶望する代わりに、絶望しつつもそれを隠そうとします。恥なのです、ひとり息子がそんな状況にあるとは。世間はわたしたちのことをうわさし始めます。流し目で見るフジモト家の人たち。ひそひそ話をする近所の人々。本来なら二人分でよいところを三人分の買い物をします。ともかくカーテンを閉め、もし息子が見られたらどうなるか、考えないこと。あのときミヤジマ家の人々がどうなったか、お前も知っているだろう。近所の人たちは最後には何もいいことを言わなかったのを。

父と母は同じ意見でした。家名と名誉はどんなことがあっても汚してはならない。両親はぼくのひきこもりはどちらの責任なのか、激しく言い争いました。ただし近所に声が漏れない程度に声をひそめて。甘やかすからこんなことになるんだ。あの子のために何もしてやらなかった、と。でも家名と名誉に関して両親は同じ意見で、この意見の一致はぼくにとって都合がよかったのです。というのは、ずっとひきこもりでいることをぼくに許してくれたからです。

一度だけ、両親はぼくを部屋から追い出そうとしました。絶望の頂点に達して、ノミを使って力づくでドアをこじ開けました。乱入した父は我を忘れていました。たとえ殴ってでも追い出してやる！　父は手をあげました。クマモトの手でした。それが数秒間、宙に浮かびました。後ずさりするぼく。バシッと振り下ろされ、空を切る。そして力なくくずおれます。ぼくはむしろ自分自身に向かって言いました、もうだめなんだよ。それから両親はぼくに構うことをやめました。

40

聞いていますか？

うーん。

それから彼は口を閉ざした。彼の沈黙はぼくが何をどのように語ったかを評価したのではなかった。それはただのうーんであり、それ以上のものではなく、このうーんとともに太陽は空を横切る。ぼくたちがふたたび話し始めたとき、話題になったのは些細なことだった。週末と天気。こんないい天気が続いたら、明日は海に行きたいですね。キョウコは海が好きなんだ。どこかにドライブでも。

またひとつ、うーん。

それから彼は眠り込んでしまった。

ぼくは多くを省略したことに気づいた。たとえばクマモトがぼくをときどき双子だと呼んでいたことを。正確に言えば、魂の双子だと。彼がいなくて寂しいことも言わなかった。母がときどき自分のことで泣くことも、父が必ずおこづかいをドアの下に忍ばせてくれることも、言わなかった。これらを省略したために、ぼくの話がぼやけたものになっていることも言わなかった。クマモトの言ったことは正しかった。ひとりの人間が死んだら、百万もの弔いの詩を書くことはできるだろうが、そのひとつひとつの詩は、省略したことに応じて、別々のことを言っているのだ。

土曜日と日曜日がのろのろと過ぎていく。別れはいたって気楽なものだった。じゃあね。がんばって。またね。気まずさは微塵もなく、首を長くして月曜の朝を待っていた。彼はまた来るだろうか、と問うたびに胸が締めつけられた。この問いはレールがカタカタ鳴るように響いた。今だ！　今だ！　今だ！　といっているように。そしてなめらかなアナウンスの声。列車の到着は遅れる見込みです。ご理解いただきありがとうございます。ケータイに向かって誰かがささやいている。また電車が遅れているよ。

久しぶりにぼくは気分転換がしたくなった。両親は外出した。ガレージから出ていく自動車のライトが見えた。ふたりがいなくなるやいなや、ぼくはつま先立ちでこっそり居間に入り、テレビのスイッチを入れた。料理番組だ。スイッチをひねると、野球の中継。そのままつけっぱなしにして、今度はふつうに歩いて居間から寝室へ、寝室から浴室へ、浴室から客間へ行った。ボール箱に囲まれて誰も使っていないベッドがある。ボロボロになった本。クマのぬいぐるみ。古びたおもちゃ。昔大切にしていた物たちの懐かしい匂い。客間はガラクタ置き場になっていた。ここで最後に泊まった人は、母の友達のサチコおばさんだった。お客さんはだんだん少なくなり、玄関でひとこと言って帰るようになった。家全体が、ここにまた命を吹き込んでくれる誰かの訪問を待っているみたいだった。悲しそうな家だ。その家を慰めるために、ぼくはもう一度客間から浴室へ、浴室から寝室へ、寝室から居間へと移動し、気に入った場所の至るところに、ほんの少し生活の痕跡を残しておいた。置いてある物の位置を五ミリほどずらした。そしてクッションと枕にくぼみをつけた。かけてあるタオルを別のものと取り換えた。時計の針を一分戻した。廊下の壁に貼られていた遠い過去の写真が微笑んでいた。その一枚にはぼくも映っていた。家族三人が合成された書き割りの前にいた。ゴールデン・ゲート・ブリッジ。上空には大きく拡大された月がかかっていた。ぼくたちがサンフランシスコに行ったことはない。壁の前で写真を撮ったのだ。

42

それで？　海に行ったんですか？

いや。彼は笑おうとしたが、うまくいかなかった。キョウコは、わたしが疲れているように見えるので、ただ座って静かにしていなくちゃと言うんです。でないとわたしが過労死すると思っているんです。わたしをよく知っているキョウコらしいです。彼女はわたしが、何かをせずにはいられない人間であることを知っているんです。少なくとも以前はそうでした。それからもうだいぶ時間が経ちましたが。

二か月ですか。

ええ、ほぼ二か月です。会社を首になってから、時間が曖昧になりました。それに、以前はどういうふうに時間を過ごしていたのかさえもわからない。いつもただ働いていた、働くことしかなかった、しかもほかの多くの人とは逆に、働くことが好きでした。

でも、どうしてここにいるんですか。

最後はもう張り合っていけなくなったんです。彼はぼくの方を見ず、顔をわきにそらしたまま答えた。会社で自分は目立ち始めました。十人の若い同僚の中で年配なのはわたしだけ。二十ある手の中で自分の手だけが遅い。わたしは衰えた人間として目立ちました。仕事の後の飲み会でもわたしの衰えだけが目立ち、みんなは倒れるまで飲んでいるのに、ひとりだけ眠り込んでしまって、明日の朝どうやって会社に行くのかさえおぼつかないのは楽しくありません。何につけても質問を繰り返し、鏡を見ても、すぐに目をそらしてしまう。年とったという言葉を口に出すのを避ける。でもうまくいかないと、失態を演じてしまう。そして自分自身が何かしっくりいかなくなると、もうその場に順応することができないんです。

43

一度つまずきました。へまをしたのです。書類の山を同僚のいる部屋に運び込もうとしたときのことです。スローモーションみたいでした。ケーブルがあるのはわかっていました。片足はうまく跨《また》いだのですが、もう一方の足がひっかかったのです。書類が周囲に散らばりました。

黒字に囲まれたひとつの赤字。五十八歳。みんなが笑いました。証人は十本のネクタイ。二十の目が見つめていました。こんな人はいらないよ。誰かがささやきました。

三十五年間の在職期間中にやらかした唯一最大のへまは、失敗と自信喪失の連鎖を招きました。わたしはまさに言葉どおりの意味でつまずいたのです。書類の山よりももっと多くのものが手から滑り落ちました。自分をつぶさに観察すると、何かがおかしい。腕や足を触ってみたり、階段を上ったり下りたりして、さまざまな歩き方を試してみました。すべり止めの靴も買いました。そして確認したことは、失われたのはまっすぐに歩く能力などではなく、ある柔軟な活力といってもいい、ごく当たり前のことでした。もう自分自身を取り戻すことはできませんでした。わたしは自分を引きずっていました。

44

そして、この眠気。

それはまるでその冬初めて降る雪のようでした。それまで黄色や赤や青だったすべてが、白くなる。家や樹や犬であったものが、形のない堆積物になってしまい、その下に何があったのかもわからない。重い鉛のような眠気がわたしを襲いました。地下鉄の座席に座って会社に行く途中、どうやってここから立ち上がるのかを考えていました。もう座り続けるのはやめよう。

眠気に襲われないように、つり革をつかんで、立っていよう。それは重力に対する戦いでした。まぶたが下りてきそうになる。まぶたが下りると、暗闇がますます大きな力でわたしにかぶさってきます。

この質《たち》の悪い眠気——。

そのうちこの眠気はわたしの手足だけでなく、脳にまで襲いかかるかもしれない。依頼された仕事の内容は理解できても、どうしたらいいのかわからないのです。うなじに錘《おもり》があって、細い線に沿って釣り合いを取っていたのです。ひとつのタイプミスやシャツに着いた染みひとつで、奈落の底に真っ逆さまに落ちるには十分だったでしょう。でももう転落はしませんでした。眠り込んだのです。三十五年後に、これは強調しなければなりません、三十五年後のある月曜日の午後、自分の事務机の上で眠り込んでしまったのです。浅瀬を渡ったのではなく、底のない湖に潜ってしまったのです。わたしは難破船となり、藻に食い破られ、魚がきらめく群れをなして船腹の中を通り抜けていきました。

45

揺り起こされたとき、すべてが終わったことを悟りました。口の中では、もう思い出せない夢の気の抜けた後味がしました。あの夢から起こされなければよかったのに、と思いました。

その少し後、わたしは首になりました。効率が悪い、というのが理由でした。

わたしは自分の荷物をまとめ、そばにあったごみ箱に放り込みました。肩の荷が下りました。ええ、恥を忍んで告白すると、そのすばらしい瞬間に感じたのは、安堵以外の何物でもありません。自分は必要とされていない。もうあくせくしなくていいんだ。とうとう役に立たなくなったという感情に、有頂天になりました。燃え尽きようとしている蝋燭が、まもなく消えてしまうことを知って、最後の瞬間にそれまで以上に明るく燃え上がることがありますが、そのときのわたしがまさにそうでした。

どこへ行こうか。家には戻れません。心はますます軽くなって、ここから遠くはない居酒屋に座って、ビールを五本空けて千鳥足で外に出ました。生ぬるい春風が吹き、雲が流れていました。ふと通りすぎた街角で、酔っぱらいが一国の政治を熱く語っているのに出くわしました。粘っこい咳をして、それから唾を吐きました。思わず視線が合うと、酔っぱらいは叫びます。よう兄弟、どこにいたのかね。不快になってわたしは顔をそらしました。彼はついてきます。視線を背中に感じました。どんどん近づいてきます。彼の手が触れました。わたしは全力で彼を突き倒し、狂ったように踏みつけました。抵抗しなかったことになおさら腹が立ちました。彼はなんの悪口も言い返しませんでした。ただあえぎながら言いました。お前さんは、どこにいた？　わたしは彼の上にかがみました。その顔は青ざめていました。わが兄弟よ。彼のあえぎ声はわたしを責めました。

家に戻るとまた眠気が襲ってきました。玄関先の節くれだった木の根っこ。ひび割れた周囲のアスファルト。なんとか庭戸を通り抜けました。キョウコの植木鉢。軍手。膨張した指。錠の中にきしむ鍵を差し込みます。優しい声。あなた、どこにいたの。わたしはしどろもどろで言います。一番の仕事は家に帰ることだ、と。

あなたったら、ばかねえ。

キノコと玉葱の匂いがしました。

46

わたしはほかの女性と浮気をして、キョウコを欺いたことは一度もありません。誓ってそう断言します。彼女と交わした約束を凌駕するほど強い誘惑はありませんでした。

学生時代の友人であるハシモトは、わたしを臆病者だといつもからかいました。彼自身は既婚者でありながら、訪れた機会を逃しはしませんでした。彼は男前で、かつ高給取りだったので、そのような機会もしょっちゅう巡ってきました。ある女の肉体から別の女の肉体へさまようヴァイタリティには驚かされました。ぼくはさまようんだ。じゃあ、気づかれないためにはどうするの？　それに対して彼は言います。手口などない。最初の嘘からすべてが始まっているんだ。嘘をシステムに取り入れる。すると根を下ろす。その成長の最初の段階では、嘘をむしり取るにはひとつの動きで十分。第二の嘘がつづき、根は深くなる。三番目、四番目、五番目の嘘。こうなったらシャベルがいる。六番目、七番目の嘘。ショベルカーがいる。根はすでに地中深くまで枝分かれしている。目には見えない、地下の織物。それを掘り出してみれば初めて、そこにあった穴として目に見えるようになる。八番目、九番目、十番目の嘘。いつしかシステムが全体に浸透する。その根を地中から掘り出そうとしても、地表が崩れてしまうだろう。

　ハシモトは今でもさまよっています。つい最近、デパートでばったり彼と出くわしました。調子はどう？　と尋ねると、ここは侵入禁止だぜ、と彼はいつもの笑い声でいいました。若い頃の溌剌《はつらつ》さが残っていました。で、君の奥さんは？　ああ、あそこにいるよ。彼はバーゲンセールを漁っているご婦人連中を指さしました。あのスカーフを巻いている女《ひと》。わたしはびっくり仰天しました。顔は崩壊し、百歳、いや何百歳にも見える。何が起こったんだい。彼は白い歯をむき出しにして笑いました。これが人生だよ。そうさ、人生だよ！　少し声を高めました。わたしは彼らがエレベータに乗って見えなくなるまで、後ろ姿を目で追いました。背筋のピンとした彼と腰の曲がった奥さん。不釣り合いの夫婦でした。ふたりの背中は向かい合って、別の世界を向いていました。

47

わたしが言っておきたいのは、嘘は高くつくということです。一度嘘をつくと、別の空間にいることに気づきます。人はある屋根の下に住み、同じ部屋に住み、同じベッドで眠り、かけ布団の下で寝返りを打ちます。でも嘘はその中を食い破ります。嘘は橋を架けることのできない堀です。嘘は家を二つに分解し、真実と嘘の区別がつかなくなるのです。

わたしはキョウコをだましたことはありませんが、まるで愛人がいるかのように想像していました。彼女の名前はユメミ。美人とは言えないにしても、なかなかかわいい子です。長い脚、赤い唇にカールした髪。わたしはこの娘に夢中になりました。彼女と新しい生活は始めませんでしたが、空中に楼閣を描いていました。彼女を町で一番高いレストランに連れて行き、美味しいものを食べさせてあげるんです。そしてアパートを買ってそこで養います。金に糸目はつけません。彼女はわたしの男らしさに満足します。そばに彼女がいるおかげで、わたしは若さと強さを取り戻します。彼女はささやきます。世界はあなたの足元にひざまずくわよ。彼女はわたしとその可能性を信じ、わたしは彼女の思いをつゆも疑わず、心底から尽くされるままになっていました。わたしは臆病な冒険者なのです。

家庭ではわたしはひとつの泡の中を漂っています。それはあまりに薄く、さわるとはじけてしまう。だからふれないように気をつけています。テレビの前に座り、ニュースを見る。キョウコが今日の仕事はどうだったのとか、最近残業がないのはどうして、あるいはあれやこれやについてもう上司と話し合ったかなどと尋ねると、わたしはこう言うのです。シーッ！　その件はまたあとで。キョウコは同じ問いを繰り返します。もっと小さな声で。わたしは言います、どうか、後にしてくれないか。キョウコは肩をすくめます。わたしはほっと一息つきます。わたしを取り囲んでいる泡は、わたしの息にほとんど気づかれないくらいわずかに震えます。

それはひとつの決断でした。

そう言って彼はお弁当を開いた。またごはんに鮭、つけ合わせの野菜だった。わたしは演じることに決めたのです。というのも、わたしたちの日常生活を避難場所にする、最後までそれを守り抜く、そういう約束をしたからです。

最後に彼はぼくを見つめ、目くばせした。キョウコの弁当はあまりにもおいしいので、なくなるのが惜しいのです。

48

お子さんはいますか、とぼくは尋ねた。

いいえ。彼はわずかに身をすくめた。いいえ。でもどうして？

あなたならとてもいいお父さんだろうな、とふと思ったからです。

わたしが？

ええ、あなたが。

どうしてそう考えたのですか？

ときどき子どもに見えるからです。たとえば食事をするときとか。あなたは、今自分がしていることしか頭にない子どものように、ふるまうんです。

それでわたしがよいお父さんになるんですか？

お父さんを彷彿とさせる、と言っておきましょう。

彼は言葉をかみ殺した。

あそこにいる女の子、見えますか？　あの子はずっと水たまりを指でかき混ぜて遊んでいます。何かを描いています。その絵が消えていくのを見て、また最初からやり直します。消えていく絵を描く。意味のない遊びですが、幸福な遊びです。あの子はずっと笑っています。わたしはときどき、どうして意味もなく幸福でいることができないのかと思います。どうして人は大人になると、狭くて天井の低い部屋に座って、どこであろうがお構いなく、せいぜいある部屋から別の部屋に移動するだけなのでしょうか。子どもの頃は壁のない部屋にいたにもかかわらず。小さい頃を思い出してみると、現在だけが生きる場所でした。過去も未来も何の手出しもできませんでした。今でもそうであるなら何とすばらしいでしょう。たとえば、結果のためにではなく、ストレスを感じず、ただ全身全霊を打ち込んで仕事ができれば、どんなにすばらしいことでしょう。

彼はまた唇を白くかんだ。
ぼくは彼がそうする前に、ため息をついた。
彼は相槌を打った。もしそうなら、本当にすばらしいでしょうね。

49

とにかくぼくの列車は出発してしまいました。でも、自分は乗らなくてよかったと思います。思い出せるかぎり、どこか目的地に到着しようとしたことはありません。自分自身のためには、という意味です。よい成績をとるのは自分のためではなく、ぼくがいつかひとかどの人物になってくれると願った両親のためでした。両親の功名心であって、ぼくのためではなかったのです。それは人生とは向上すべしという両親のイメージだったのです。

中学校の制服はまだあります。ぼくの部屋の暗い片隅にかかったままです。中身のない衣です。それは夢の中で出会うさまざまな人物の衣服のように見えます。彼らのことを知らなくても、どことなく似ていることはわかる。近づいて見ると、自分の影として現れるのです。

今その制服を着ても、全然身体に合わないでしょう。ぼくがかつてそれを着ていた頃に感じたのと同じようには。滑稽な、笑うべき光景でしょう。見せかけだけ生徒の服を着たやつが、これこれを学んだと偽っても、実際には重要なことはすべて忘れてしまっているのです。もう一度見ることを学び直したいというのが、ぼくがひきこもりをしている理由のひとつです。自分のベッドから、怒りのあまり壁に開けてしまったひびの中を覗いています。ほとんどその中に消えてしまうのではないかと思うくらいまで、ずっとその隙間を見続けています。時間にはひだというものがあり、ひびはそのひとつです。自分が目をそらした多くの瞬間を思い出すために、そのひびの中を見つめているのです。

50

ぼくは十四歳のごく普通の生徒でした。成績はいいほうでしたが、飛び切りいいわけではありませんでした。つたない人生経験から言えば、生き残ることはこの中くらいを維持することにかかっていました。普通であることが重要でした。どんなことがあっても普通のこと以外はしない。なぜなら目立つと、普通であることに退屈して、みんなとは違った人を苦しめようとする人の標的になってしまうからです。誰がそんなことを望むでしょうか。進んで拷問を受けたい人などいるでしょうか。だから周囲に溶け込み、目立たない人間のひとりであることに感謝するのです。

しかしタケシは違いました。コバヤシ・タケシは目立っていました。

彼はアメリカで育ち、帰国したばかりでした。彼がニューヨーク、シカゴ、サンフランシスコという言葉を口にすると、それはすぐそこ、あの街角のことのように聞こえました。彼の英語は立て板に水のようで、いくら聞いても飽きませんでした。彼が「ハイ!」「サンキュー」「バーイ」と言えば、爽やかな一陣の風が巻き起こるかのようでした。いい気になってやがる、と思った連中が放課後、彼を待ち伏せました。翌日、彼の歯は一本なくなっていました。ささやくように彼は言いました。こけちゃったのさ。その歯は補填されましたが、ささやき声は板についてしまいました。さらに悪いことに、何かにつけへまをするようになりました。英語の先生から、発音してみて、と頼まれると言い間違えました。ちょっと朗読してみて、と頼まれると読み間違えました。少しずつ彼は、自分が育った言葉、かつて自分の故郷であった言葉を淀みなく話す能力を失っていきました。それどころか、わたしたちのアクセントをまねるようになりました。彼が、さん、ふらん、しすこ、と言うと、突然、はるか遠い、到達できない場所となりました。強制されたかのようにそう言うのを聴くのはつらいことでした。彼は発するすべての言葉の前に少し間を置き、その言葉との別れを惜しんでいました。

おそろしいことです。もしぼくが彼だったら。でもぼくは、危害を加えられませんでした。ぼくはいつも傍観者であり、脇から眺めるだけで目をそらす人物は必要とされたのです。何も見なかったかのようにふるまうことで、ぼくは中庸を実践しました。なお悪いことに、ぼくはその名人でした。十四歳ですでに、他人の苦しみをわざと見過ごすことにおいて、名人の域に達していました。ぼくの共感は、沈黙の証人であることに限定されていました。

ふーむ。

そしてふたたび、ふーむ。

彼はある歌を口ずさみ、煙草を吸った。そしてさらに口ずさんだ。胸の上に灰の山が落ち、そよ風がそれを運び去った。自転車のベルが鳴った。ぼくはもう少しで泣きそうだった。灌木から薄い黄色の花がはらりと落ちた。

タケシひとりがそうではなかったでしょう。

ええ。ユキコもいました。

ふーむ。

ミヤジマ・ユキコ。

悲しみで喉がつまった。この月曜日、彼女の名前から先を話すことができなかった。

51

雨の気配だ。彼があくびをした。

ぼくは彼の動きにしたがって曇った空の中に入っていった。

明日。明日は何曜日だろう。そう、火曜日だ。週は始まったばかり。雨が降ったら……。彼はカバンを引っ掻き回して、名刺を取り出した。舌を前に突き出し、大文字で〈MILES TO

でも。

GO〉と殴り書きした。ジャズ喫茶。雨が降ったら、そこにいますよ、と彼は言った。

どうして、でもなの?

めまいがした。テーブルと椅子を通り過ぎ、人々の汗にまみれた空間を横切り、席に座って、ウェイターと目と目があって、誰が前に飲んだのかわからないグラスで一杯やっていることを想像すると、めまいに襲われた。いまだに、公園とぼくたちの友情に慣れるのに精いっぱいのぼくにとって、このような推測は、自分の可能性の範疇をはるかに越えていた。

ただ……。ぼくは口ごもった。外にはどんな場所にもたくさんの人がいますよね。

わかりますよ。彼は立ち上がった。じゃあ、次にお日様が差すときに。六時だった。名刺の裏側に、オオハラ・テツという彼の名前と住所があった。ぼくは臆病者だな、と思った。そしてふたたび、自分の部屋の机の引き出しの、あの何千年前の琥珀の石の下に……、と考えてぼくは最後まで考えるのをやめた。

52

早く、早く。廊下を通って。誰だろう、そこで微笑んでいるのは? そこには、結局実現しなかったサンフランシスコ旅行の写真が、一度も位置をずらされたことがないようにきちんと垂直方向に、埃を払われて壁にかかっていた。父の手はぼくの肩の上にのっていた。母の、はい、チーズ！をした顔がフレームの中から叫んでいるようだった。野球帽を斜めにかぶった、ニキビだらけのぼくが、人差し指と中指でVサインをしている。永遠に凍りついたままの瞬間。砂時計の砂粒のひとつが、まさにくびれの部分を落ちてゆこうとしている瞬間。その砂粒が落ちた瞬間のあと、ぼくは父の手を払いのけていただろう。母の、はい、チーズ！の顔は、崩れ落ちていただろう。少年よ、どうかしたのか？　まあいい。これもひとつの局面だ。あの人たちは真実を知ろうとしなかったし、ぼくは真実を知らせたくなかった。ぼくたちは、お互いに何も知らないでおこうという協定を結んだ。そしてこの協定が、世代を超えて家族を束ねていた。ぼくたちは仮面をかぶっていた。それは顔にくっついて離れなかったので、本当の顔は長いあいだ知られていなかった。仮面を引きはがすことは痛みを伴った。その痛みはあまりにも激しかったので、面と向かって話し合うこともできなかった。本当の顔を見せる痛みよりは、まだこちらのほうが我慢できた。写真の中のぼくは、もう知っていた。家族以外によい隠れ場所はないこと、理想の避難所がないことを。それは壁から取り外せば、古くて黄色くなった枠のついた、空疎な四角形の紙切れにすぎなかった。ぼくはそれを静かにはがし、音もたてずにドアの前のごみ箱に捨てた。それから足を忍ばせて廊下を歩き、自分の部屋に戻った。ドアを閉めてからぼくは、ひきこもりをしている自分が、世界に対してまったくどうでもいいもの、ひとつの仮面であるのではないかと自問した。ぼくは疲れた。それが答えだった。

53

二日が過ぎた。屋根を叩く雨だれの音。カーテンの隙間から、愛想のない空を見た。雲の切れ目がない。ステップの広野を夢見る、檻の中の動物のように、ぼくは部屋の中を歩き回った。何度も鉄格子をかすめ、憧れに満ちた獣の手で冷たい鉄にふれた。ようやく三日目に自分をだましてそこから脱出した。檻は単なる空想の産物だったのだ。

突き出た屋根から雨が滴り落ちた。傘を斜めにもって、濡れた靴で走り出た。〈MILES TO GO〉。せめてその店を通り過ぎるんだ、と心に決めた。点滅するネオンサインを通り過ぎ、もしかすると一瞬見えたような気がした。もしかすると。この〈もしかすると〉を頭に入れて、ぼくは脱走した動物、ライオンもしくは豹のように雨と風に打たれた通りをさまよった。

あのあたりに違いない。この〈もしかすると〉はぼくの胸からからだ中の隅々までしみとおり、ぼくを前へ前へと駆り立て、入口を通り過ぎて、角を曲がり、街区へと、そしてまた最初から、そこを通り過ぎ、街角と街区をめぐった。何度繰り返したかわからない。回想の中でぼくは何キロも歩いた。やっとドアのノブに手を触れ、憧れに満ちた手が冷たい鉄をつかんだとき、ぼくは長い旅をしてきたかのように憔悴しきっていた。

カフェには煙が立ち込め、かすかにグラスが触れ合う音がした。押し殺したような虚無感が支配していた。誰かが電話をかけた。アイスキューブが溶け、何かが割れる音。照明は弱かった。ヒロ！　糸のような彼の声がぼくに巻きついた。こっちに来て、座りなさいよ。何を飲む？コーラをひとつ。彼は指をパチンと鳴らした。来てくれてうれしいよ。

ぼくは柔らかい革製のソファに身を沈めた。

54

彼は公園にいるときとは別人のように見えた。どことなく大きい。頭上に空がないと彼はいつもより大きかった。一方のぼくはどんどん小さくなっていき、どこを見ればよいのか見当がつかなかった。目の前に曇ったガラスを感じ、ぼくは罠にかかった獲物だった。いったい彼とどんな関係があったのか。どうして首に輪をかけられ、大勢の見知らぬ人の中で、見知らぬ人といっしょに、トランペットに耳を傾けるという状況になってしまったのか。

これはすばらしい！　彼は音楽のリズムに合わせて体を上下にゆすった。あらゆる空間と時間の感覚を失っている。どうしたの。どこか具合でも悪いの？　顔色が悪いよ。何かしましょうか？　何か必要？

ぼくはその必要はないと手で合図した。

もちろん！　あなたはむなしい努力をしているんですよ。心配はいらない、もう大丈夫だから。落ちついて。何も起こらないから。じきにわかるよ。ここでは何も起こらないし、来る人はみんな、それだからこそ来るんだよ。みんなは空間と時間のない音楽からできたカプセルの中に入る。わたしがどうしてこのカフェに来たか、わかる？　ここがあなたの部屋に似ていると確信したんだよ。つまりそういうこと。やっと顔に生気が戻ってきたみたいだね。こう言うと、彼は小さくなり、ぼくは大きくなって、ふたりは元の大きさに戻った。まだぼくの心を混乱させていたのは、自分にどのくらいの勇気が残っているかという認識だけだった。ここに来るために勇気を使い、彼を信じることにまた勇気を使い果たしていたのだった。

55

To want a love that can't be true… 喉の奥から絞り出される女性の歌声。
キョウコの大好きな曲なんです。彼は笑った。うちのかみさんは泣きたくなるとこの歌をかけるんですよ。おかしいでしょ。ときどきうつぶせになって、床が涙ですっかり濡れてしまうまで泣きたくなる。かみさんはこれを一種の洗浄と呼んでいます。目が洗われるので、よりクリアに見えるようになる、と言うんです。悲しいから泣くのではなく、彼女は人生の物ごとがはっきり見えるように泣く。目は心の窓なのよ、とかみさんが言うと、新しい英知をたったいま再発見したかのように響いてきます。わたしはそれを理解しようとしているのか。耐えようとしているのか。
　わたしたちはお見合い結婚でした。最初に彼女の写真を見せられました。二十三歳、タイピスト。読書と歌、絵を描くのが趣味。父は銀行員、母は主婦。ひとりっ子。そう書かれてありました。写真に写ったお行儀のよい顔、ひざの上にきちんと組み合わされた両手。ただ髪型が、あまりお綺麗とは言えない！　わたしはなんら先入観をもつことなく、一度会うことに同意しました。彼女はわたしの気に入ったとも、気に入らなかったとも言えます。つまり、家族の強い勧めに従ったというわけ。わたしは二十五歳。実入りのよい職業についていました。まだなかったのは、妻子と心地よい家庭。わたしの両親を見本にして判断すると、それは望ましい家庭像であるとも、そうでないとも言えます。ただそれが、わたしが期待され、わたし自身も期待したものでした。なぜなら、自分のそばに誰もいないと、人間としては不完全だから。

56

　わたしたちはホテルで会いました。両親の方がわたしより緊張していました。仲人のオカダさんは、口元が不自然につり上がった人でした。まるで蝋人形のように、いつでも柔らかくなったり、固くなったりできる。愛想のよい人かと思うと、無愛想にもなります。そんな人がときどきいるものです。自分の印象を曖昧にしてしまうのです。あっ、あそこでもう待っているわ！　オカダさんが蝋でできた手で合図しました。マツモトさん！　強ばった動きです。わたしは、写真とはちっとも似ていない女性の前に立っていました。

行儀がよいとはとても言えません。彼は大声で笑った。彼女は、気に入られまい、と固く決心したかのようにふるまっていました。唇をひん曲げて、彼女はわたしを上から下まで吟味してからこう言いました。たいへんな思い違いをされたようですね。写真はコピーにすぎません。現物はあまり面白くないものです。そう彼女は言ってほほ笑みました。図星でした。

読書と歌が趣味だということは、オカダさんがとりわけ強調していました。一番好きなのは、とキョウコは口をはさみました、結婚を望まない娘を扱った本と歌です。いやな沈黙。オカダさんは額と眉の上を軽くハンカチでたたき、両親はお皿の料理を突っついていました。そしてそれが彼らの気をひかないと、口を大きく開けて言いました。写真ではかつらをかぶっていたんです。わたしはむせかえり、激しくせき込みました。彼女は飛び上がり、わたしの背中をバンと力強く叩きました。ほら、こうして力を入れてひっぱたくこともできるんですよ。読書と歌だけではありません。必要に迫られれば、このようにあなたを叩くことだってできます。しかも、しばらくは忘れられないほど。あら、なんて結構なこと、とオカダさんが口をはさみました。彼女は冷静沈着なのです。最近の若い女性にはなかなか見られない資質ですわ。わたしは我慢できなくなって大笑いしました。すみません。いや、いいんですよ。男は笑っても謝らなくていいし、女は泣いても謝らなくていいのです。キョウコはフォークとナイフを置いて言いました。ときどき、あたしは身を横たえて、涙ですっかり床を濡らしたくなるの。こんなこと理解できますか？　我慢できますか？　彼女は眉間にしわを寄せました。あごに手をついて、彼女の個性的な顔が、わたしをじっと観察していました。はい、できます、とわたしは答えました。キョウコはびっくりして、つぶやきました。ばかねえ。

57

彼は顔を赤らめた。

彼は初恋を語る青年のように赤面するのではなく、人生の最初で最後の恋に頭を垂れる初老の人として赤面した。透明感のある紅潮だった。それはたるんだ皮膚を通してほのかに輝き、一瞬、ぼくたちがいた周囲の空間を照らした。ぼくも彼といっしょに紅潮した。パチパチと鳴り、引きずる音。レコードは終わった。誰かが叫んだ。もう一曲、ビリー・ホリデイ！　それに賛同するつぶやき声。テーブル越しに乾杯する声。

おかしくないですか？　なによりもキョウコの〈ばかねえ〉にわたしは惚れてしまったんです。彼女のまっすぐで、屈託のないまなざしに。彼はぼくをじっと見つめた。ぼくも彼女に見つめられてみたい。

でも問題がありました。会うたびに、彼女は違った方向に行くのです。どこへ行くのか、彼女もわかっていなかったと思います。どこかに到着する目当てもなく、ただ闇雲に進んでゆく。外出するという純粋な喜びだけがあるのです。あたしは植物だから、と彼女は言いました、火と空気と土と水が必要なの。それがないとあたしは枯れてしまうの。それに、結婚もそのようなものでしょう？　火は消えて、空気は稀薄になり、土は乾いて、水は枯れてしまう。あたしもいずれ亡くなるでしょう。あなたも。彼女は髪を肩の上に投げかけました。ほのかなラベンダーの香り。もしそうじゃないなら？　わたしは反論しました。もし日常が、わたしたちの日常が、あなたへの約束そのものだったら？　あなたの歯ブラシがわたしの歯ブラシの隣にある。お風呂の電気を消し忘れたので、あなたは怒ってしまう。いっしょに絨毯を選んでも、一年経つとそれが嫌になる。あなたは、わたしのお腹が出はじめた、と言う。せっかちなあなたは、また傘をどこかに置き忘れる。夢の中でわたしは名前をつぶやく。キョウコ。ぼくにネクタイを結んでくれる。仕事に出かけるときは、いつも手を振ってくれる。まるで風になびく旗のように。わたしは胸に刺すような痛みとともにこう思ったのです。お願いです。幸せになるには、これで十分ではないでしょうか。彼女は身を振りほどきました。時間をちょうだい。よく考えてみたいの。

わたしは一か月待ちました。ついに手紙が来ました。彼女の丸っこい筆跡。押し花がはさんであり、こう書かれてありました。あたしの答えはイエスです。ええ、あなたのお腹が出ないなら、あたしは傘を千本なくしても構いません。わたしは角張った字で、返事を書きました。では、いっしょに絨毯を買いに行きましょう。

彼は財布から一枚の写真を取り出した。これがうちのかみさんです。母のようだ、というのがぼくの第一印象だった。第二印象は、その埋め合わせをして泣くだろう、だった。

彼は語りつづけた。わたしたちの結婚式は、その数週間後ある神社で行われました。オカダさんも後ろめたい表情を口元に浮かべて、出席しました。もう疑いありません。彼女は、意地悪な、とても意地悪な人です。お気の毒に、という代わりにこの硬くなっていく蝋のような人は、末永くお幸せに！　と言いました。キョウコは、罪のない笑みを浮かべて礼を言いました。末永く、とは何でしょう。わたしたちは花火です。燃え上がり、燃え尽き、消えてしまった火花のように飛び散るのです。

コーヒーにミルクと角砂糖を二個入れ、ゆっくりとかき混ぜる。スプーンからしたたり落ちるコーヒーの雫。彼は注意深く、スプーンをソーサーの上に置いた。わたしたちの最初の朝も、ミルクと砂糖を入れたコーヒーのようでした。わたしが目を覚ますと、もうキョウコはベッドにいませんでした。彼女の枕はへこんでいて、一本の髪の毛が枕カバーについていました。毛布の下に手を入れてみると、シーツはまだ温かい。台所からコーヒーメーカーの音が聞こえてきました。結婚式のお祝いにもらったものです。はだしでよろよろと廊下を歩き、立ち止まってドアの隙間から中を覗いてみると、レンジの上に前かがみになって、指を鍋に少し入れている妻の背中が見えました。フライパンのジュージューいう音。指を鍋に入れ、少し味見をしてから、塩をひとつまみ、コショウ少々。そしてくしゃみをしながら、振り返りました。明るい鐘のような妻の声。さあ、朝食ができたわよ。キッチンカウンターに立って、弁当箱を青いハンカチに包む。はい、どうぞ、とリンゴも一個つけて。静かな生活。

そして、これもまたひとつの決断でした。

最初に迎えたふたりの朝がそのままずっと続くものだと、聞いたことがあります。一種の確定です。どちらが先に起き、コーヒーを沸かし、朝食を作るのかが決まるのです。キョウコはそのままベッドに寝ていて、そっぽを向き、ぶつぶつ言うことだってできたのです。途中で何かを買ってきてね、とか。ドアの隙間に立って息を殺しているとき決定的になったのは、彼女をもっと深く愛するようになるだろう、ということでした。

59

新婚旅行は延期しました。当時、会社はとても忙しくて、猫の手も借りたいくらいでしたから、あとから新婚旅行に行く機会はめぐってきませんでした。パリ、ローマ、ロンドンについて書かれた古い旅行ガイドブックは、ほこりだらけでした。つい最近、本棚の一番下の段にそれを発見しました。あちこちに頁の折り込みや書き込みがあります。キョウコは行きたいと思った観光地すべてにサインペンでチェックを入れていました。エッフェル塔、コロッセウム、タワー・ブリッジ。あちこちに書き込まれたハートマーク。ある頁にわたしの似顔絵を見つけました。煙草を吸っているテツ、モンマルトルにて、というメモ。わたしの特徴をうまくとらえていました。髪は風になびき、遠くを見つめています。

若い頃のわたしが、今のわたしに語りかけてきます。しかし、何も答えることはできませんでした。パタンとその本を閉じました。

わたしはどんな人物になれたでしょうか。

そして実際、どんな人物になったのでしょうか。

キョウコがわたしをどんな人物であるか見い出してくれたら、わたしはどうなっているでしょうか。

きっとキョウコは知っていたのでしょう。わたしがみずから彼女に頭を下げるのを待っていたんです。君の言うとおりだった、と。幸福な日常生活など存在しません。われわれは一日一日を新たに闘い取らねばならないのです。彼は軽く咳をした。ぼくたちのあいだにあった灰皿は一杯になっていた。わたしたちは宮島に行くことすらしなかったのです。

60

ミヤジマ。これがキーワードだ。ミヤジマ、と彼は繰り返した、何という名前だったっけ? ユリコ? それともユキホ? 喉元まで出かかっているのに思い出せない。ユキコ? そう、雪の子と書くユキコでした。では、こんどはそちらがユキコさんのことを話して下さい。目を閉じて、ただ耳を傾けるだけにしましょうか。見つめられない方が、話すのが楽です。見ない方が、聞く側も楽です。彼はふーっと深く息を吸い込んだ。それから目を閉じて、椅子にもたれかかった。

ミヤジマさん一家が隣に住んでいました、とぼくは始めた。家どうしがほとんどくっつく距離に。子どもの頃、ぼくは八歳で、ときどきチャイムを鳴らしてユキコがいるか尋ねようとしました。近所に同じ年頃の子どもはほかにいなかったのです。ぼくの両親は彼らのことを、素性が知れないからと言って嫌っていたのですが、ぼくたちふたりが、近くのお寺の前でいっしょに遊ぶのを見て見ぬふりをしていました。ひとつの文にあまりに多くの言葉。わかっています。多すぎる言葉では、ぼくと彼女が、違いばかりが取りざたされる世界で、いかに無邪気であったかを表現することはできません。あるものと別のものを区別するのに、ひとつの言葉で十分であるこの世界では。

ベルを鳴らすと、ユキコの母がドアから顔を出してしわがれた声で言います。ちょっと待ってね。ドアはすぐに閉められ、数分後にまた開けられます。ドアを開け閉めするたびに、黴《かび》の臭いがします。ユキコの洋服からも黴の臭いがします。彼女は汚れた襞飾りのついたブラウスを着て、だぶだぶの、荷造り用の紐で腰のあたりを締めたスカートをはいていました。靴の片方の紐は切れていました。走り回っていると、まあ、かわいそうな子ねえ、と周囲の人々が言うのが聞こえました。でもそれは直ちに、今日わたしたちは空を飛ぶのよね！　というユキコの笑い声に打ち消されます。ユキコは両手を広げ、腰の曲がった松まで飛んでいって、翼をたたみます。そして片方の耳を樹に押し当ててこう叫びました。あっ、今この松の木は一ミリ成長したわよ。

61

地上とは無縁の日々でした。ふたりは本当に空を飛んでいる、と信じていたのです。お寺の敷地が空となり、その上をぼくたちは滑空しました。とりどりの花を摘み、名もないお墓に埋葬しました。蝉や蝶、トンボを捕まえましたが、すぐに逃がしてやりました。ぼくらのように自由になれよ、と。暑くなると、バケツ一杯の水を手や足にかけました。蚊にも刺されました。お寺の猫を追い回し、眠くなるようなお坊さんのお経を聴きました。その黒い背中は、ときどきぼくたちの方にクルッと回転しました。ブッダの子どもたちよ、と彼は叫び、子どもたちみんなにアメを投げてくれました。それは甘い悟りのような味がしました。

家でぼくはユキコのことはほとんど話しませんでした。彼女のことをぼくに尋ねるのは、興味からではなく、ある種の不安からだと感じていました。どんな人とつき合っているか、承知しておきなさいよ、と母は言いました。それに、交際というものは、その良し悪し次第で人間形成に影響を与えるものなのよ。説教が終わるとぼくを開放してくれましたが、歩いているときも、まるで誰かに乱暴に捕まえられているかのようでした。ミヤジマ家が話題になったときの母の口調や口の歪め方から、この件についてあまり多くを語るのは危険だと悟りました。ユキコの上着にはボタンが二つないこと、そしてそれがぼくにはどうでもいいということを胸にしまっておきました。

しかし自分は脅かされているのだ、という漠然とした感情は残りました。小さな棘がぼくの胸にどんどん深く突き刺さっていきました。ごく小さな、目に見えないほど小さな棘ですら、奥深くに居座って、身体を傷つけたのです。それは自分の身体を少しずつ屈服させていく、よそ者の身体のように感じられました。

どうして君はそんなにほかの人と違っているの？　あるとき、松の木陰に座ってぼくはユキコに尋ねました。ユキコは暗記していた一節を使ってこう答えました。だって、あたしお星さまから落ちてきたんだもの。

星からだって。ぼくは息を凝らしました。

ユキコはうなずきました。両親が川辺にあった籠の中にあたしを見つけたの。首には紙切れがかかっていて、この娘は琴座の王女さまで、はるかな故郷から地球の人間のもとに運ばれてきた、と書いてあったの。シーッ！　秘密よ。誰かにこれを聞かれたら、星屑の中に消えてしまうって、あたし誓ったんだから。

それで君の服は？　ぼくは好奇心からそう聞きました。

ユキコは目を細め、閉じた目をカッと見開いて叫んだ。変装よ！　すべて変装なの。自分が消えてしまわないように、乞食の服を着ているの。荷造り用の紐を小指に巻いて、ささやき声でつけ加えた。あたし、ときどきホームシックになるのよ。

ぼくもだよ。

ということは、信じてくれるのね。

もちろん。信じてるさ。

秘密を守るって約束してくれる？

ぼくの名誉にかけて誓うよ。

ぼくらは手を重ね合わせた。

永遠に変わらぬ友達でいよう。

小刀でぼくらは樹の幹にふたりの名前を刻みました。われわれの友情の樹よ、とユキコが宣誓しました。ユキコはスカートのポケットから赤い糸を引っ張り出し、枝に結びつけて誓いの言葉を続けました。この赤い糸は、われわれが結ばれていることを永遠に記憶し続けるであろう。秘密を打ち明けたんだから、あなたもあたしに対して責任を負うのよ。絶対に漏らさないと約束してくれたんだから、あたしもあなたへの責任を負うわ。神聖な同盟よ。木陰は移ろっていきます。頭上には太陽がさんさんと輝き、松の木は尖った針をぼくたちの頭上に降らせました。

63

ぼくたちは九歳に、それから十歳になりました。年を経るごとに、ぼくの感性は鋭くなりました。いや本当は鈍っていきました。子ども時代のメルヘンへの信仰は、疑問を抱くに応じて揺らぎ始め、ぼくは突然、探るような目で見るようになり、やがて疑う目、もう何も見えない目になっていきました。ユキコの靴下の穴のように、ぼくの目も擦り切れていったのです。結局、両親の言っていたことは正しかったのです。自分が誰と付き合うべきかなどわからなかったし、人間を形成する交際の、良し悪しなんかどうでもよかったのですが、ユキコがぼくに自分に関する真実や出自を隠していることに、だんだん怒りを感じるようになったのです。
どこの出身なの、とぼくは聞き出そうとしました。ふたりは背中をくっつけ合って、地面から雑草を引っこ抜いていました。頭上の赤い糸はもう色あせていました。どこから来たのか、言ってよ。ねえ、本当はどこの出身なの？　彼女はゆっくりと背中を押してきました。知ってるんでしょ。何を？　どうしても言えないのよ。なぜ、言えないの？　小刻みに震える肩甲骨。どうして、言えないの？　石のような沈黙。ぼくは雑草を根ごと地面から引っこ抜き、お寺の壁の方へ投げ飛ばしました。ごめんね。彼女はぼくから少し身を離した。ぼくたちの背中のあいだには、冷たい隙間風が吹いていました。もういいよ。許してあげる、と言ってあげたかったのですが。怒りがぼくを押しとどめたのです、怒り狂った痛みが。

64

次の日、ぼくはミヤジマ家のベルを鳴らすと、いつものようにお母さんが顔を出して、しわがれた声で言いました。すぐ来るからね。ドアが閉まり、腐敗物と黴の臭いがしました。はじめは中から大きな怒鳴り声が、それからだんだん小さくなって、ひそひそ声が聞こえてきました。つまり、あの子に会いたくないってことかい？　そんなばかなこと。恥ずかしいっていうのかい？　ひそひそ声はやみました。家の中は静かになりましたが、泣き叫ぶ声がこの沈黙を引き裂きました。もうだめなのよ。それからまた静寂。ドアが開くと、崩壊の匂いがしました。お母さんが顔を出しました。また別のときにしてくれるかい。明日か、あさってでも。あの王女さんね、いま気分がすぐれないの。

数え切れないほど、ぼくは彼女の家の前に立って、ベルを鳴らしました。数え切れないほど、彼女は無愛想でした。その背後に、輝く星のようなユキコがいました。その明るい輝きは、星自身はとっくに消滅していることなどなかったかのような錯覚を起こします。隣人の視線を背中に感じながら、ぼくはその星にむなしく手を伸ばしました。彼らのうわさを耳にして、その星が何光年も離れた宇宙空間を漂っていることを認めざるをえませんでした。ミヤジマ家では、犬や猫も食料になる。ミヤジマ家では、蟻を焼いて食べる。ミヤジマ家では、雨水を樽にためて飲む。ミヤジマ家では……。彼らはさんざん悪口を言いました。ぼくたちの住区では、周囲の不安をかき立てるので、ミヤジマ家のことになるべくふれないようにしていました。それは、自分たちもああなるかもしれないという不安でした。ぼくの両親もその不安にとりつかれました。うなだれて夕飯の席に着いたとき、両親が明らかに満足げな表情をしていたのでそう気づいたのです。来る友あれば、去る友あり、と言うんだよ、それを受け入れたほうがいいよ。いつか振り返ってみると、すべてに意味と道理があったとわかるだろうよ。この空疎な言葉は、ぼくの心まで空疎にしてしまいました。ぼくは何も口答えしませんでした。最後の抵抗として手紙を書きました。親愛なるユキコさん、もう一度あの松の木の下で会いませんか。君のことを理解したいのです。さよならを言いたいのです。ぼくはこのように書いては消すことを繰り返したので、薄い紙はクシャクシャになってしまいました。

65

To want a love that can't be true…

彼のまぶたの下が激しく震えた。ぼくは話すのをやめた。レコードの歌が、パチパチと音をたてながら同じ箇所をぐるぐる回っていた。隣のテーブルで抑揚のない声が、ウィスキー・ソーダを注文した。誰かがカーテンをたくし上げた。屋根を叩くはげしい雨音。カーテンはまた重たく窓を覆った。昼の光によって魔力から解放されたカフェは、ふたたび闇の魔力をまとった。さっき、中にはもう席はないと考えていたのが信じられなかった。皆はめいめいの椅子に深々と座り、それぞれの思いにふけっていた。それで彼女は来たの、と彼は目を閉じたまま尋ねた。うす暗い煙りに包まれて、彼のネクタイはもはや赤とグレーではなく、グレーと色あせたグレーだった。

彼女は来たの？　彼は繰り返し尋ねた。ぼくが答えないでいると、でも、彼女は来たにきまってる。そうでしょ？　彼女は本当にやって来た！　ときっぱりと彼は言い放った。まるでぼくだけでなく、彼も、つまりふたりがいっしょに彼女の到来を待ち受けているかのように。まるでその到来がぼくたちの運命を左右するかのように。

ええ、とぼくはとうとう言った、ユキコは来ました。

ああ、やっぱり！　彼は深く息を吸い込みました。

でも……

……何かあったの？

彼女は別人になっていました。四か月足らずのうちに、ほとんど見分けがつかなくなっていました。制服を着て、ポニーテールを上下に揺らし、ふつうの女の子のように見えました。ぼくに近づいてきましたが、とまどった様子で、視線をそらしました。目の前に来て、下を向いたのです。匂いで彼女だとわかりました。気まずい雰囲気です。ぼくは彼女をぶってやろうと思いました。十一歳のぼくの手が、彼女の肩をつかみ、揺さぶりました。顔を平手打ちすると、黙って受け入れました。どうしてぼくを見ないの？　あごをつかんで持ち上げました。せめてぼくを見ろ。君なんか嫌いさ。聞いてる？　君なんか嫌いさ。だって、ぼくを変なうわさを流している連中の仲間と考えたんだから。とうとう彼女はぼくを見つめました。あの人たちが言ってることは本当よ。ぼくたちはじっと見つめ合いました。近くで、もっと近くで。ぼくは彼女にキスをしました。遠くで、もっと遠くで。何かが終わりました。ぼくが突き飛ばすと、彼女は背を向けて駆け去りました。翼のない鳥は、砂利の前庭を抜けて去っていきました。君とはもう終わりだ、とぼくは叫びました。完全に終わりだ。でもそのときにはもう、白い靴下をはいた彼女は茂みの後ろに消えていました。お寺から般若心経を読む声が聞えてきました。

66

この苦しみをどう表現すればいいのでしょう？　ぼくは壊れたグラスでした。かつて自分が囲んでいた空間は、いまや周囲に張りめぐらされた空間とひとつになっていました。砂漠で道に迷ったぼくの足元には、鋭いナイフが光っていました。一歩進むごとに、いつかどこかにたどり着ける見通しはどんどん減っていきました。

しばらくのあいだ、ミヤジマ家の前を通ることを避けました。右に行くかわりに左に行き、まっすぐ行くかわりに回り道をしました。それが避けられないときは、道路の反対側を歩きました。ユキコが窓辺に立っていたり、こちらに進んでくると考えるだけで身体が震えました。彼女がぼくを指さし、ぼくに犯した罪を思い出させるのではないかと思うと、自分が狭く小さな存在になりました。本当に自分がそうなればいいのにとさえ思いました。あまりに自分が狭く、小さな存在だったので、彼女が自分よりも悪い友人であるとさえ思おうとしました。

でも、実際はそうではなかったのです。

まもなくぼくたちはかつて親友であったことも忘れてしまいました。そして忘れたのと同じように、起こったことも意味を失いました。ぼくの忘れっぽさは、彼女の唇に触れた感覚もぬぐい取り、お互いに触れあったあの瞬間の記憶ももう曖昧です。そもそもあれがキスだったのか？　むしろ軽く触れあっただけのような気がしました。でもそのことすら忘れてしまいました。

67

避けることは簡単だった、と付け加えなければなりません。

ミヤジマ家はぼくたちの隣であったにもかかわらず、その誰にも会うこともなく数年が経ちました。父親は病気のせいでベッドに寝たきりで、母親は夜の仕事に精を出しているというわさでした。それが何を意味しているかはともかく、彼らを見かけることはごくまれになり、見かけたとしても、髪はクシャクシャ、急ぎ足で大きな袋やカバンを運んでいました。こんなうわさもありました。あの娘は密輸品を持ち歩いている、狂っている。そしてあの娘は狂ってる、と言うのが定着しました。彼女を見たことがなくても、気が狂っていることは顔に書いてある、と誰もが言い張りました。衆目の一致した見解だったので、見る必要などなかったのです。かわいそうな娘と彼らがずっと呼んでいたユキコが、数学のコンテストで一等賞を取ったことにはある種の賞賛が贈られました。しかし、それが本当のことと、誰が知っているのでしょう？

それが作り話でないと誰が知っているのでしょう？　確かなのは、ミヤジマ家とはかかわらないほうがいい、ということでした。ぼくにとっても運命はもう定まっていたのです。だから当時、ぼくはこう言いました。ぼくたちの道が最後に交わることになったのは運命のいたずらだった、と。

ぼくは十六歳でした。新学年が始まり、クラスで生徒の名前が読み上げられました。ぼくは退屈そうに席に座り、噛んで短くなった鉛筆を手で回していました。周囲には自分と同じような三十名の生徒がいました。休暇とは言えない休暇は、また終わってしまい、これからもずっと続きそうな暗い予感が漂っていました。人生とは言えない人生が、絶えず終わりに向かって轟音を立てて進んでいくという予感が。

フジワラ・リエさん。

はい。

ハヤシ・ダイイチくん。

はい。

クギモト・サヤカさん。

はい。

ミヤジマ・ユキコさん。

はい。

鉛筆が折れた。ぼくはうつむいたままだった。ユキコはここにいるんだ。ここに！　ここに！

オオヤマ・ハルキくん。

はい。

タグチ・ヒロくん。

はい。

赤い糸、運命の糸。いつまでも、永遠に。

ウエダ・サチコさん。

はい。

ヤマモト・アイコさん。

はい。

ユキコは背中でした。ほっそりとした背中が彼女のすべて。あたし、ときどきホームシックになるのよ。黄や緑や赤の蝶々。羽根の鱗粉。黒い僧衣。般若心経。単調な声。君なんか嫌いさ。聞いてるの？　そんなことどうでもいい。来る友あれば、去る友あり。帰ってよ。王女さま。あたしもあなたへの責任を負うわ。シーッ、静かに。荒野。天と地がひっくり返る。これだけは言っておく。君とはもう終わりだ。

手のひらの中にある鉛筆の芯。

薄らいでいく痛み。

68

隣人とも何年も会わずにすんだのだから、同じ教室の三列前の子を避けることだってできるんじゃないか、とあの日心に決めたのです。顔と顔を突き合わさずにすむ十分なスペースはいつもありました。すでに話したように、ぼくはその修練を積んでいました。素知らぬふりをして、誰かのそばを通り過ぎるのは至極簡単でした。ただこの巧妙さを、次の日にもう実践しなければならないのには、正直困りました。

いったいだれが最初の糸口を作るのでしょう。差し障りのない言葉から火ぶたは切って落とされました。臭いな。誰かがそう言いました。はっきり、あからさまに。爆笑がまき起こりました。それから沈黙の合図があって、皆が鼻をつまみました。ユキコはささやくような声で、やめてよ！　と言いました。ふたたび沸き起こる爆笑。臭いな、スカートの下に腐った魚でも入れてんじゃねえの。誰かが彼女に手を伸ばすのが見えました。はっきり、あからさまに。ユキコは後ずさりしました。お前何見てんだよ、と誰かが言ったので、ぼくは視線をそらしました。ぼくは何も見ませんでした。次の日も、次の次の日も、その次の日も、その後ずっと、ぼくは何も見ませんでした、でも見えていたのです。

この悪臭、みなは口々に叫びました、この悪臭出したやつは、罰金五千円。なに、それだけももってないの？　だったら明日払えよ。こん畜生め、おめえは豚の臭いがするんだよ、ブーブー。死んだハムスターだって、もっとましな臭いがするぜ。おい、数学の女王さんよ！　雄牛を雌牛で割るといくつでしょーか？　差し障りのない言葉から始まった嫌がらせは、瞬く間に巨大な憎悪の塊になっていました。

　ユキコは友人を必要としていました。自分の味方をしてくれる友人を。

　でもぼくは。

　ぼくは黙っていました。悪口には加担せず、かといって反対もしませんでした。世界の内部が崩壊したとき、外部にとどまることが大事でした。毎朝、ユキコが教室に入ってくると、彼女の机はひっくり返されたうえ、いつも違う場所に移動されていました。黒板にはブーブー鳴いている豚が落書きされていました。持ち上げられた足の裏には、彼女の名前が書かれていました。ユキコはその文字をひとつずつ消しました。ユキコがユキとなり、やがてすべてなくなりました。黒板消しを手に持ったまま振り返り、やったのは誰だ、と探る目で見つめ、端っこにいたぼくの視線と合いました。そのまなざしには、かつての輝きと気品が漂っていました。あたし、星塵の中に消えてしまうって誓ったでしょう。あのときと同じ目でユキコはぼくを見つめました。その目はぼくに語りかけているようでした、あたしもう消えてしまうわよ、と。

もしあのとき……。もしあのとき、ぼくがこうしてさえいれば……。過去の仮定法ほど、慰めのないものはありません。それが仄《ほの》めかすさまざまな可能性はもう叶えられないわけですが、にもかかわらず、いやそれゆえに、こうして起こっている現実を決定しているのです。あのときぼくが何らかの行動を起こしていたら、今日ここに座っていなかったでしょう。

ぼくはユキコが自己防衛をするがままにしておきました。けれども彼女は、不動の姿勢をとるだけでした。チョークで描いた魔法の円はどんどん狭められました。彼女は死んだふりをする動物に似ていました。しばらくはそれでうまくいったのです。しかしいじめる側はふたたび優位に立ち、彼女の弱点を嗅ぎ出すまであきらめません。少しでも不注意な行動をすると、彼らはどんどんそこを突き、ほじくり返すのです。これはもはやゲームではなく、生と死にかかわる問題でした。帰宅の途中、ぼくは彼女が壁ぎわに押さえつけられているのを、見て見ぬふりをしました。暗い通路で彼女が拳骨で脅されているのを、誰もいない駐車場でスカートをひざ上までめくられているのを、ぼくは見て見ぬふりをしたのです。ぼくは沈黙の証人として通り過ぎました。経験からそう学んだのです。ぼくが介入していたら、その頃はまだ現在の仮定法、ひとつの実現可能なことだったのですが、次にやられていたのはたぶんぼくで、それはほとんど確実でした。自分の身に粉が降りかからないよう、誰かに気づかれる前にその場を離れよう、と思ったのです。

70

もう、わかりますよね。

はい。

理解してくれましたか、ぼくが……。

……もう十分話してくれたので。

いいえ、十分ではありません。まだ先があります。

煙草の先端が真っ赤に燃えている。

今日はもう遅いですよ。

彼はまぶたを開けた。視線は定まるまでしばらく宙をさまよった。まばたきしながら最初にぼくを見つめ、それからバーを見渡し、またぼくに視線が戻り、床に向けられた。床板をきしませながら、酔っ払った客がトイレに行こうとして迷い、テーブルとテーブルのあいだでなすすべもなく立ち往生していた。誰かが手をとってあげねばならない。しかし彼はそこに意味も目的もない警告碑のように立ち続けていた。弱ったな、と彼は呂律の回らぬ口で言ったが、その声はトランペットの音にさえぎられた。

いいえ、十分ではありません。ぼくはもう一度言ったが、その声は険しく響いた。もしかすると、結末は言わないほうがいいかもしれない、と考えた。隣の席では、魚が眠ることなどあるのか、などと話していた。もしかすると、ぼくはまた考えた、ここで話をやめたほうがいいのかもしれない。古い格言が思い出された。眠らない人を起こすのは難しい。あの酔っぱらいはまだ立ったままだ。ウェイターがその男の周りをぐるぐる回っていた、まるでこのカフェの部品のひとつであるかのように。実際、酔っ払いはもう静かに立っているだけで、立ったまま眠り込むのかもしれなかった。誰かとぶつかったときだけ、少し前後に揺れるが、すぐにまた立ったまま動かなくなる。そして数分経ってようやく動き出した。トイレには行かずに自分の席に戻り、焼酎を注文した。

ともかく最後まで話さなければ、とぼくは考えた。

話は続けられ、ぼくは自分が話すのを聞いていた。

71

校庭で手足のねじ曲がったユキコの遺体が発見されました。校舎の六階から飛び降りたのです。落下現場には花束が置かれていました。しなびた薔薇、カーネーション、菊。添えられていた紙きれにはこう書かれていました。わたしたちは悲しみ、恥じます。親愛なるユキコ。ぼくは紙には何も書きませんでした。彼女が今にも茂みの後ろから現れ、走って戻ってきそうな気がしたのです。ポニーテールを揺らしながら、接近し、追い越し、目の前で振り向く。そしてまた戻っていき、墓のあいだをさまようのです。白い紙を握りしめて、ぼくは駆け出しました。もしかすると、もしかすると、こめかみが激しく脈打ち、彼女があそこで、お寺で、ぼくを待っていそうな気がしました。そしてぼくたちは腰の曲がった松の木の陰に座り、ふたりのあいだを風が通り抜けようとするのを許さないだろう、と。

幾つもの赤い糸。

息もつかずぼくは立ち尽くしていました。

その樹はすっかり赤い糸に覆われていました。ぼくたちの友情の樹の、どの枝にも五本の糸が、過ぎ去った年ごとに一本の糸が垂れていました。ぼくはうめきました。あんな高いところまでどうやって登ったんだろう。華奢な梢までどうやってたどり着いたんだろう。幹に刻まれたぼくたちの名前は、太陽に向かって成長していました。ぼくがここにやってくることが、彼女にはどうしてわかったのだろう。今になってようやくぼくは彼女を理解したのです。でも完全にではありません。こんな芸術作品を作る人は、最後まで秘密を守ろうとします。お寺の猫の鳴き声。それはいつも同じ声でしょうか？　ぼくは猫を持ち上げ、爪を立てるのにまかせておきました。あたたかい血。ぼくはまだ生きている。親愛なるユキコ。そうぼくは腕の内側に書きました。君に言いたい。君が好きだ。

72

住宅地にひとつの空白が残っていました。彼女の家はその後すぐ引き払われました。ぼくの部屋の窓から、マスクをした作業員がすべての汚物やごみ、ガラクタを外に運び出すのが見えました。故障した自転車の山。へこんだ鍋。トラック一台分もある古雑誌。古いラジオ。あちこち鼠の齧った跡のあるクッションとマットレス。ランプのシェードが三箱。ねじと釘。ミヤジマ家がずっと前から近所のごみを漁って生活していたことがこれで証明されました。恥知らずめが、と母は言いました。母はぼくのすぐ後ろに立っていました。あの人たちが集めたものときたら！　見て、わたしたちの目覚まし時計があるわ。母は言いました。懐かしい目覚まし時計。まだ自分たちのもののような気がするわね。永遠に自分たちのもののような気が。そう言い添えました。頭の中ではもう別のことを思いめぐらしながら。ベルの音があまりにうるさいからといって、一年以上の前に捨てた目覚まし時計のことを、母が覚えているなんてばかげている、とぼくは思いました。この目覚まし時計は、誰か別の人を起こし続けるべきよ！　そう言って、母はその目覚まし時計をごみ箱に放り込みました。

最後の荷物はプラスチックでした。ぼくは外に出ました。空っぽの缶詰。電池。のぞき込むと、自分の顔が醜《みにく》く歪んでしまう、割れた鏡。ぼくは入口のわきに置いてあった袋をつかみ、石をひとつ取り出しました。中には昆虫が閉じ込められている石。すかさずその石をズボンのポケットにしまいこみ、手探りでその表面をなでました。冷たく、すべすべしていて、心地よい感触。マスクをしたひとりの作業者が呻き声をあげました。今日はここまでにしよう。

73

家は取り壊されました。建物に値打ちがなく、このままにしておくのは土地がもったいないという理由でした。学校へ行く途中、周辺の道路が閉鎖されるのが目に入り、帰宅の際、パワーショベルが最後の壁を倒すのを見ました。足元の地面が振動しているのを感じました。何日か経つと、かつてぼくが立ってベルを鳴らした場所は更地になり、さらにまた何日か経つと、新しい家が建てられました。両親と子どもの三人の家族が引っ越してきました。いい人たちですが、少し上品すぎるといううわさでした。どんな様子だったかって？　ぼくたちの年季の入ったニッサンの隣に彼らの新車がありました。ミヤジマ家のことはほとんど話題に上りませんでした。誰もあまり知らないし、また知ろうとしませんでしたが、乏しい情報をまとめると、多額の借金を抱え込んで、下町のどこかに引っ越していったらしいのです。S町の公園のどこかで彼らがブルーシートの下で生活しているのを見かけた、といううわさを聞いても誰も不思議に思わなかったでしょう。実際、みんなそうした現場を目撃した、と言えたらなあ、と思っていたのです。これは人が好きそうな怖い話でしょう。ただ言えることは、彼らはどん底にいたということです。こうした怖い話を、少なくともその気配を、消してしまいたくはなかったので、本当のことを知りもしないのに、間違いないと言ったのでした。たとえいま彼らがそうでなくても、いつかはどん底の生活に落ちる。一ブロック先に住むフジタさんの、賭博癖と結婚問題が話題になって初めて、ミヤジマ家のうわさはやみました。

で、それから先は？

何もありません。つまりあるがままに任せ、甘んじてその事態を受け入れたのです。ぼくは十七歳になり、十八歳になりました。心配事は増えましたが、きっと乗り越えられるだろうと信じていました。歯を食いしばって考えました。これが大人になるということだ、と。こうした事態を乗り越え、そこから立ち直ることができない場合は、乗り越えたとみなす。忘れること。何度も何度も忘れること。クマモトがいなかったら、それができたでしょう。でも彼はユキコと同じ目をしていました。ぼくは消えるよ、と。

それは——

ぼくはその文の続きを、目の前の彼に代わって言った。

——ひとつの決断でした。

ちがいます。彼は首を振った。少なくともあなたが選ぶべきだったものではない。わたしも今ようやく、このカフェでそれがわかりました。彼は右や左を指さした。われわれは誰しも自由ではない。ただそのことだけが、われわれを責任から自由にしてくれないのです。自由ではないにもかかわらず常に決断をし、その結果に責任を負わねばならない。だからそれぞれの決断をするのがますます不自由になるのです。

　この考え方は、つらいものですが、わたしたちが椅子から立ち上がって、通りに出ていくことを容易にしてくれます。雨はおさまって、ただ霧雨が降っていた。

　明日また来ますか？　ぼくは尋ねた。

　どんなことがあっても。

74

　都会では星は見えない。星の後光《オーラ》は強すぎて、天空を明るくすることはあっても、暗くすることはない。琴座は見えないが、家々の上空をすれすれに危うく飛ぶ、飛行機だけが見えた。

　ぼくは何を犠牲にしたのだろう。

　ぼくはもはやひとつのイメージではなく、別のイメージの中に隠れているイメージだった。ある少女の中のイメージ。樹に当てられた片方の耳。ぼくはお寺の坊さんに、赤い糸を取り除かないよう頼んだ。お坊さんはぼくの話を聞かずに、了解してくれた。奇妙な話ですね、とだけ彼は言った。ぼくはときどきお寺に立ち寄り、樹の下に座った。でもときが経つにつれて糸は色あせ、二本を残してすべて枝から落ちてしまった。奇妙な話ですね、とお坊さんは同じ調子で繰り返し、最後の二本も落ちてしまったとき、これが人生なのです、と言った。

腰の曲がった松は今でもある。あの晩ぼくは襟を立てて、その樹の下で過ごした。針の葉っぱが落ちてくるのは、何ともなかった。指はかじかんだが、むしろ、そんなふうに外気にさらされて、真っ暗な時間に耐えるのは慰めになった。両親はぼくの帰りを、廊下を足音をたてて帰ってくるのを待っているのだろう。今頃どこにいるのかと心配し、もしかすると受話器を取って一一〇番を回し、やっぱり気後れして受話器を戻したのかもしれない。というのも、幽霊の捜査などできないからだ。もうとっくに行方不明の人が、今さらいなくなったなど、どう説明するのだろう？　それでも翌朝になれば、誰かがぼくを探し、見つけてくれるのを望んでいた。ぼくの肩をつかんで、顔に平手打ちを食わし、どうしてこんなことをしでかしたの、と尋ねる。それからぼくの腕を取って、こう言う。ねえ、もう一回やり直しましょうよ。

75

太陽の位置から推測すると、八時少しすぎだった。雲は一晩のうちに西へ移動していた。そのとき初めて傘をカフェに置き忘れたことに気づいた。傘はきのうの出来事があったことの証明になる。傘を置き忘れていなかったら、すべては夢だったのではないかと疑ってしまうだろう。でもわかっていた。口の中のこのカサカサした感じは、たくさん喋ったことの証だし、髪には煙草の匂いが残っていた。この二つは互いに関連している。彼に対しても。立ち上がって湿った地面を踏みしめて、考えた。もし彼が今日電車に飛び込もうとするなら、きっと彼は、轟音のするプラットホームからぼくを道連れにするだろう。彼の縞模様のネクタイが目の前を横切ったので、ぼくは出発した。

おはよう。

彼はぼく追い越した。

あまり眠れなかった?

ぼくは彼の後に続いた。ふたり同じ歩調で歩いた。ときどき彼は立ち止まり、何かを探し、見つけた。煙草をくわえてゆっくりと歩く。また立ち止まる。また歩き出す。十分にゆっくりと、いつかもう歩かなくなるのではなく、歩行している人々の中で、ふたりの遊歩者はぶらぶらとゆっくり歩いている。ショーウインドーのガラスには、世界のテンポから遅れたふたりの姿が映っていた。雨上がりのあとの光はいつも眩しい。彼は肩越しに話しかけてきた。公園に着いた。ぼくたちはいつものベンチに座る。またここに来られてよかった。彼は足を伸ばした。

76

死後の生なんてあると思いますか?

突然の質問だった。

つまりユキコさんのことです。昨晩、わたしはベッドで横になって、彼女がもしかすると生まれ変わったのでは、と考えていました。メキシコで、いま二、三歳になっているのだと。もうスペイン語を話しています。飲み込みが早く、人が話したことをすぐに口まねする。ジョルジュとフェルナンドというふたりの兄がいて、いっしょに遊んでいる姿が見えるんです。兄たちは妹が間違って積み木を飲み込みはしないかと、気をつけてくれます。彼らもまた生まれ変わりなのです。空想の中で、すばらしい知識を身につけたユキコは、プエブラにある家の部屋にいます。イザベラという名前の女の子の身体を借りて積み木遊びをしていると、ふと、昔ここにいたのを思い出します。ブラインドを貫いて、遊んでいる自分の手に差し込んでくる太陽の光にどこか見覚えがある。母の呼び声にも聞き覚えがある。懐かしい感覚……。こんな想像をしながら、わたしは眠りました。生前の懐かしい感覚を取り戻すために、人は生まれ変わってここにいる。うっとりするような空想でしょう？　あなたもいつかユキコさんに会えるかもしれません。メキシコで、あるいはどこかほかの場所で。ときの流れからはじきだされた瞬間、彼女の袖とあなたの袖が触れ合うというのに、みすみすそのチャンスを逃してしまうなんて、惜しくはないですか。そんなことをすれば、もう取り戻すことのできない喪失です。それどころか、わたしたちも同じかもしれません。つまりこういうことです。今日プラットホームで人ごみの中にまみれながら、わたしは自分に問いかけました。この中の誰かひとりがいなくなったら、わたしの中にあるその人の一部分が欠けることになりはしないかと。そしてもしわたしがいなくなったら、その誰かの中にあるわたしという一部分が欠けることになりはしないかと。そしてこう思ったのです。ただこうして触れ合うためにだけ、人は存在しているのではないか、と。そのとき、ようやく電車がホームに入ってきて、わたしの姿が車窓に映り、その後ろで寝ている人の顔に重なって通り過ぎていくのを見たとき、わたしの疑念は消え、こう悟りました。われわれは、ひとりひとりが互いに繋がっているのだということを。

77

わたしにもそれが探し出せたらなあ。彼は靴の先で砂利に円を描いた。わたしにはもう一度会いたいと思っている人がふたりいます。いいですか？　彼は咳払いをして、頭を掻いた。もう一度、通りすがりに心の肌理《きめ》を触れ合わすようにして、会いたいと思っている人がふたりいるのです。

ひとりはわたしの先生、ワタナベ先生です。わたしはただ、先生と呼んでいました。十歳のとき、両親がわたしにピアノを習わせることに決めました。隠れた才能があるのではと期待して。ワイシャツとズボンを身につけ、首にはお笑い草になるようなネクタイを結んで、あの頃はそんな恰好をしていたんです、両親はわたしを天才の再来だと思い込んで、先生のもとへ登って行かせたのです。登って、というのは、先生の家は高台のへりにあり、そこに行くには舗装されていない道を通って、深い林を抜けなければならなかったからです。先生は都会の喧騒を離れた、そんな高いところに、肺を患った奥さんといっしょに住んでいました。きれいな空気は奥さんの体によいのだろうと、ふもとの人々は言っていました。先生の大邸宅に一歩足を踏み入れると、吸い込まれそうな気がしました。日光は時間に応じて違った窓から差し込んできましたが、先生の家はいつも光に満ち溢れていました。

でもそれだけではありませんでした。病院のような少し酸っぱい匂いがしました。誰かが死ぬとこんな匂いがするのです、と先生が笑いながら言ったのを覚えています。先生は半ば開かれたままのドアを指しました。妻が、と甲高く笑いながら言いました、死にそうなんです。骨の髄までこたえます。時間は貴重なのです。彼はまた笑った。では、お手並みを拝見しましょう。わたしは気乗りがしないまま、ただ音階を上がったり下がったり鍵盤を掻き鳴らしました。先生はわたしの手の動きを厳しく見つめて、なんだそれは、と言いました。あなたの弾き方は、まるで生命がないかのようだ。死んだ人でももっと情感豊かに弾きますよ。そしてふたたび笑いました。なんて冷酷な、とわたしは思いました。この人の心は石でできている。向こうでは奥さんが病気で寝ているのに、よくこんな笑い方ができるな。感情のことを言いながら、自分こそ感情の欠片すらもっていないじゃないか。わたしはごく自然な、当たり前の、揺るぎない軽蔑をいだきながら、心の中でそう考えていました。

78

あるとき、チャイムが鳴って先生が玄関に出ていったとき、ピアノの前に座っていたわたしは蠅を叩き殺しました。ちょうど蠅の脚をバラバラにしようとしていると、戻ってきた先生が突然後ろから叫び声をあげました。それがあまり痛々しかったので、先生がどこか怪我をされたのだと思いました。先生はわたしを椅子から突き落とし、ピアノの天蓋を叩きながら叫びました。なんてことをしてくれたのだ。わが家の罪のない動物を殺すなんて。棒のように固まってわたしは彼の前に立っていました。驚いたことに、先生の顔が歪んでいます。先生に対する怒りがふつふつとこみ上げてくるのを感じました。まだわめき散らしながら、行ったり来たりして、下らぬことをしたとわたしを非難します。先生がしばらく息を切らしている隙をついて、わたしは唇を震わせながら言いました。先生だって向こうで奥さんが咳をしているとき笑ったじゃありませんか。気味の悪い沈黙。先生は凍りついたように動きを止めました。しばらく経って先生はようやくわたしに目を向けましたが、それは永遠のように思われました。そのあとわたしは永遠の硬直からようやく解放されました。先生は一歩わたしに近寄り、止まりました。そして静かに、とても静かに、こう言われました。まさにそれが君がピアニストになれない理由だよ。君は何にも耳を傾けない。耳がないのだ。ただ表面にある音だけを聞き、その奥にあるものを聞こうとしない。荷物をまとめなさい。レッスンは終わりだ。わたしが受け持った中で君は一番才能がない生徒だと、両親に伝えてくれたまえ。君に音楽とは何かを教えようとするのは、時間の無駄というものだ。笑いの中に笑いしか聞き取れないものは、耳がないにひとしい、いやそれ以上に聞こえていない。ぼくは妻のために笑った。聞いているか？　先生は笑いました。ぼくが笑ったのは、妻がぼくに笑ってほしいからだ。ぼくは悲しみを封じ込める。聞いているか？　先生はまた笑いました。悲しいけれど、妻は自分がもうじき死ぬことを知っている。ぼくは感謝を封じ込める。聞いているか？　先生の笑いは止まらなかった。妻に対して感じていることすべてをぼくは封じ込める。妻は知っているし、聞いている。ぼくの笑いは彼女の伴奏をしなければならない。笑いながら先生はへなへなと地面にくずれ落ちました。先生に対するわたしの怒りはいつの間にか消えていました。そのとき、先生が泣いているのに気づきました。頬には涙があふれ、泣いていると同時に笑ってもいるのでした。

79

先生は正しかったのです。わたしはピアニストになれませんでした。けれども、もう一年間、先生の指導を受け続けました。時間のほとんどは先生の演奏を聴くことで過ぎていきました。モーツァルト、バッハ、シューマン、それにショパン。そのあいだ、わたしは何をどのように聴いたのか描写しなければなりませんでした。先生の言葉でいうと、感じ取ることのできる耳をわたしは鍛えていったのです。先生の好きな言葉は〈感情〉であり、ほぼどんな発言でも用いていました。

亡くなる直前、奥さんの具合が悪いことは聞いていてわかりました。わたしが先生にワルツを弾いてほしいと頼み、弾き始めるとすぐに半ば開いたドアの向こうから、疲れ切った、ほとんど人間のものとは思えないような咳が聞こえてきました。先生は肩を落として、鍵盤の上に指を置き、咳のリズムに合わせてゆっくりと弾き始めました。先生は咳を音でなぞったのではありません。咳といっしょに演奏したのです。先生は奥さんが咳をするように弾いたのです。残念ながらその録音はありません。そのような演奏がそもそも録音できるのかどうかわかりませんが……。弾き終わると先生は言いました。もし君にまだ学ぶべきことがあるとすれば、それは恥ずかしがらないことだ。人間が感情をもった存在であることを恥ずかしがってはいけない。何でもいい、心の奥で深く感じなさい。もう少しだけ心の内側の方で、もう少しだけ奥の方で感じなさい。自分のために。他人のために。そしてそれから、先へ進みなさい。

お葬式のとき先生の奥さんを初めて見ました。白い着物を着て、頭を北に向けて、いい匂いのする百合で覆われた棺に横たわっていました。先生はその前に立ち、笑いも泣きもしません。後ろの方の列で誰かがささやいていました。なんて冷たい人。旦那さんの心は石でできているんじゃない。でもわたしにはよくわかっていました。ただ呼吸するときだけ少し動く、彼の動じない顔の表情に読み取ることができました。先生が自己の沈黙の中深くに耳を傾け、そこであの世に行ってしまった奥さんと沈黙の対話をしていることを。先生はまるで、奥さんが静かに遠のいていく足音に耳を澄ましているかのようでした。

80

その後、先生とは再会しましたか？　ぼくは声の震えを押し殺しながら尋ねた。

ええ、何度か訪ねました。もちろん両親は、先生がもう聞くこと以外になにも教えてくれないと聞くと、がっかりしました。わたしの隠れた才能をだまし取ったと思い込み、あんな先生のところにやらなければよかったと、何年も後になってからも悔やんでいました。先生はわたしの音楽的な才能をことごとく潰してしまった、と両親は言うのです。そしてこの考えを変えませんでした。奥さんの後を追うようにまもなく先生も亡くなると、両親から心の重荷が降りました。自分たちの希望をこれで金輪際、葬ることができたのですから。

先生の家はまだ丘の上にあります。一度、キョウコといっしょに訪れました。板を打ちつけられた窓の隙間からピアノが見えました。置かれた楽譜の上には埃が積もっていました。奥さんの部屋へ通じるドアは開けっぱなしになっていましたが、隙間から見えたのは幅の狭いベッドくらいでした。わたしたちは庭に通じる階段に腰かけ、樹々のあいだをサラサラと渡る風に長いあいだ耳を澄ましました。先生が弾いているのが聞こえるわ、とキョウコは言って、たわんだ枝を指さしました。空に広げられた樹々の指。あの指たちが弾いている音楽が聞こえてくるわ。

それはさておき――。

先生にどうしても再会したかったのは、自分が不肖の弟子であったことを打ち明けたかったからです。ごめんなさい、とわたしは言いたかった。ごめんなさい、わたしのために無駄な時間を使わせてしまって。

彼は靴の先で砂利に円を描き直して、その中に両足を入れ、また出した。そしてネクタイをほどいて言った。こうしないと息ができません。

81

もしきちんと考え抜いたら――彼は少しためらってから続けた。本当はわたしも、死がひとつの終わりであればいいのにと思います。潔い切れ目。後に来るものはない。無の中に入るのです。誰もいないし、歴史もない。完全に消えるのです。あるいはどうなのでしょう？　彼の声はしわくちゃの紙みたいだった。いいですか、わたしはまだあなたにすべての真実を話してはいないんです。彼の息は浅くなった。あなたは尋ねましたね、わたしに子どもはいないのかと。実はキョウコとわたしのあいだには、息子がひとりいました。名前は、ツヨシ。彼はネクタイを首からはずして、ベンチの背もたれの上にさっと投げ、もっと自由に息をして、先を続けた。しわくちゃの紙のような彼の声。できる限り丁寧に広げられ、しわを伸ばした紙のような。ツヨシ。強い子という意味です。

わたしたちはめったに息子のことを話しません。ごくたまに話すのもいつもキョウコで、わたしではありません。妻は猫のようにソファの上で丸くなり、顔をクッションに埋めて、その中でいつもこう言いました。ねえ、覚えてる？　あたしがツヨシのことを蛍って呼んでいたのを。笑顔がすごくまぶしかったわ。ねえ、覚えてる？　ツヨシのために編んだ青いセーター。何度も何度も網目をほどいて直さなくてはいけなかったのよ。ねえ、覚えてる？　ベッドの枕元に置いていた小さなウサギのぬいぐるみ。眠ったときの赤い頬。ねえ、覚えてる？　よく似ていたわ。いつもそっくりだった。彼女はわたしがもう思い出せないようなことを、次々に話しかけてくるのです。シャボン玉のことからたんぽぽの綿毛について。唯一わたしが記憶しているのは、息子さんには障害があります、と言われたときの、やりきれなさです。激しい感情の昂ぶりのあとの、部外者が抱くやりきれなさです。息子さんは、けっしてほかの子どものようにはならないでしょう。感情を失った感情。きっと取り違えられたんだ。この子はわたしの息子ではない、よその子なんだ。この子は、何かの間違いだ。わたしは息子を拒絶しました。

82

いい知らせよ！　キョウコが走ってわたしを出迎えました。

一番の仕事は……。

……家に帰ることだよ。キョウコはわたしの腕をとって廊下をぐいぐいと引っ張って、居間に行きました。わたしたちの家。わたしたちが家を購入すると、キョウコは部屋を行ったり来たりして寸法を測り、家具を整えました。ソファはここで、テレビはあそこに置くといいわね。スノードームとオルゴールの時計はたんすの上に。踊るバレリーナは机の上に。こっちの壁には裸の女性が浜辺に立っているポスター、あっちの壁には、暗い目つきをした水夫のポスターを貼りましょう。わたしたちの家。これらの家具、日用品、写真がすべてです。とりわけキョウコの大量の本。毎年一度、彼女は宣言します。また新しい本棚がいるわ。

当ててみて。キョウコはわたしをソファに引っ張って行きました。見当もつかないふりをしました。キャベツとピーマンの特売が今日あったのかい。笑うキョウコ。わたしの手を自分のお腹に当てます。あっ、わかった！　イチゴと桃だ。笑ったのでキョウコのお腹は揺れました。そこに聞こえたのは幸福の訪れでした。期待と一抹の不安。ふたたび幸福。シーッ！　とうとうわたしは言いました。目を覚ましてしまうよ。キョウコはささやきました。もうすぐあたしたち、家族になるのよ。甘い言葉がわたしの口の中に溶けていきました。家族、とわたしは繰り返しました。その言葉がとろけていくように。か――ぞ――く。

83

子どもに関してわたしはあるイメージを持っていました。まだ完結していない、まだ存在しない、名前がないままわたしたちの中心で成長していく子どものイメージです。この世に生まれて、成長し、世界を少しでもよくしようとする人間のイメージ。それは典型的な子どものイメージでした。その独自性において典型的でした。わたしの、わたしたちの子どもは、間違いなくそうしたイメージに合致しているように見えました。もしかするとそうしたイメージを凌駕し、子どものイメージを高めてくれそうにも見えました。いずれにしても、それはわたしや祖先たちが始めたことの続きだったのでしょう。キョウコのお腹に子どもがいた九か月間、わたしはこうしたイメージを抱き続けました。そしてケイちゃんでさえ、わたしの確信を揺るがすことはできませんでした。

深夜のことでした。出産を数日後に控えたキョウコが、家じゅうをおぼつかない足取りで歩き回っている音が聞こえました。ふっくらとしたお腹の彼女を見つけたのは、子ども部屋の作り戸棚の前でした。まわりには色とりどりのずきん、ベビー服、靴下が散乱していました。

眠れないのかい？　わたしはキョウコに歩み寄りました。

ええ。月を背にして、彼女はそっぽを向きました。夢を見たの。まるでまだ夢を見続けているかのように彼女は話しました。ケイちゃんの夢を見たの。

ケイちゃんって誰？

鮮紅色血管腫のある女の子よ。顔の半分、おでこからうなじまで、火のような赤いあざがあると、みんなひそひそと話していたわ。両親は、おそらくこのうわさに気づいていたんでしょう、一日中彼女を隠していた。ただ暗くなると、外に連れて出して、お父さんはケイちゃんを肩車して、わたしたちが遊んでいた道にやってきたの。お母さんも歌いながら並んで歩いていたらしいわ。近所の人たちは声をひそめて話していた。夜、あの家族は三人連れだって散歩をして、街灯を避けているって。それで誰かが近くに来ると、茂みの中に隠れるか、壁際に背を向けて立つか、あるいはうつむいたまま足早に駆け去ってしまう。あたしがたぶん七歳か、八歳の頃だったと思うけれど、近所に住んでいて、ケイちゃんの家の前もときどき通り過ぎたの。曇りガラスの窓を通して、ときおりカーテンが動くのが見える。そのとき、あっ、ケイちゃんがあたしのほうに手を振った、と思った。なんて寂しい子なんでしょう。あたしに手を振り返す勇気があったらよかったのに。奇妙な話でしょ。長いあいだ、思い出したことすらなかったのに、何年も経ってからあの子の夢を見るなんて。夢の中でケイちゃんはあたしに尋ねた。すごく寂しかったでしょ？　あたしは、うん、とっても、と答えた。ケイちゃんに会えなくてすごく寂しかったわ。

ただの夢さ。君は夢を見ただけなんだよ。わたしはキョウコのそばの冷たい床にうずくまって、自分の手のひらと変わらない大きさのベビー服をたたみました。

突然、キョウコははっきり目を覚ましました。そうでしょう？　大切に育てましょうよ、あたしたちの子どもを。たとえ――

――ばかを言うんじゃない！　わたしは妻に最後まで言わせませんでした。

そしてわたしたちがベッドで横になっていると、男の子です、と医者が告げました。半ば眠りながらも、わたしはツヨシと名づけようと心に決めました。

84

出産には立ち会えませんでしたが、安産だったそうです。途中で花を買って病院に行きました。そのほのかな香りが、先生の家で嗅いだことのある、かすかに酸っぱい匂いと混じり合いました。先生のことを思い出し、階段を駆け上り、あるメロディーを口ずさみながらドアを押し開けました。先生のことを思い出しながら、廊下を歩き、部屋とベッドと無数の名札を通り過ぎ、ようやくオオハラ・キョウコという名前を見つけ、その部屋に入るときにもう、自分の人生に決定的な転機が訪れたことを実感しました。凱旋するような気分は一撃のもとにつぶされました。誰も赤ちゃんを見せてくれないのです。部屋に入ったわたしに最初に言ったキョウコの言葉。なぜだかわからない。でも赤ちゃんを見せてくれないの。なぜだかわからないけれど、何かがおかしい。キョウコはわたしの手を握りしめました。テツ、お願い。赤ちゃんを抱かせて。たとえ目がなくても、口がなくても、そんなことどうでもいいわ。赤ちゃんが見たいの。もってきた花は、どういうわけか死んだようにしなだれ、わたしの中で何かが硬直しました。キョウコの手を振り払うと、その手は毛布の上に落ちました。何を言っているんだい。大丈夫だよ。ぼくにはイメージが浮かぶんだ。聞いている？　数え切れないイメージが。わたしは叫びました。聞いている？　数え切れないほどね！　ぼくたちは野球をするんだ。ツヨシがバッターで、ぼくがキャッチャー。君がユニフォームを縫う。黒とオレンジ色のジャイアンツのようなユニフォーム。ツヨシは歴史に興味をもつ。いや待てよ、地理だ。地球儀を買ってやって、その上を指でなぞりながら、いっしょに世界旅行をする。親子で殴り合う、もちろんふざけあってだよ。夜、君が先に寝てしまってからふたりで見ている映画のように。ツヨシの拳骨はぼくのよりも強い。ツヨシはぼくのお腹にパンチをくらわす。強い男になるよ。大学では医学を勉強する。いや工学だ。それも違う、経済学だ。ツヨシは同学年の子どもの中で一番で、ぼくの誇りになる。口には出して言わないけれど、心の中で誇りに思うんだ。いや、そんなことは否定する。否定しなくちゃいけないくらい、誇りに思う気持ちが強いんだよ。何もないようにふるまうのが、ぼくの誇りの表現の仕方さ。ツヨシは学年トップで、最高の息子で、それどころか、ぼくがこれまで出会った中でも最高の男なんだ……。

医者。

きれいにひげをそったあご。

分厚い眼鏡の後ろの小さな目。

もう疑いはありません。わたしたちは断定しました。あなたの息子さんには障害があります。それも心臓の欠陥です。残念ですが、治しようがありません。治療できるようなものではないのです。理解していただかねばなりません。これはなくならないでしょう。手術で切除することは不可能です。理解していただけますか、オオハラさん？　理解していただけることが重要なのです。あなたの息子さんはけっしてほかの子どものようにはならないでしょう。

医者が何のことを言っているのかまったく理解できませんでした。息子さんを見る心の準備はできましたかと尋ねられたとき、わたしは首を横に降り、何も言わず外に出ました。息子が自分に似ているのが、怖かったんだろうと思います。

85

一週間後、彼らが家に来ました。彼らというのは、キョウコとツヨシのことです。わたしは自分をそこに数え入れませんでした。自分も一度は溶け込んだ家族という言葉が、口の中でねっとりとした塊に凝固しました。その言葉を咀嚼しようとすると、のどに詰まって息ができなくなります。その味には、吐き気を催しました。わたしは口に手を当てて廊下に立ったまま、どうしても子ども部屋に行く勇気が湧いてきませんでした。

ツヨシは泣きませんでした。心の中でわたしは、抱かれて泣きわめく赤ちゃんを思い浮かべ、それを揺すりながら寝かしつける母をイメージしていました。想像の中でわたしは、やさしく微笑みながらふたりを見守っていました。いい子だ、いい子だ、とわたしは言い、ツヨシの背中とキョウコの手をさすろうとしていました。しかしわたしはそのようにかかわれなかったのです。静寂がわたしをそうさせました。あのとき、わたしたちの家は静かでした。家の中のあらゆる音が弱められ、かき消されたように思われました。ほとんど耐えがたいほどでした。わたしは耳をつんざくような騒音に憧れていたのです。バタンと音を立てて閉まるドア、粉々に割れるガラスの壁、そのほか何でもいい、泣き叫ぶ赤ちゃんに匹敵する物音に憧れていたのです。そのような憧れにわたしは追い立てられたのです。必要以上に早く目を覚まし、必要以上に早く家を出て、必要以上に早く会社の自分の机に座りました。オフィスの椅子はキーキーきしみ、タイプライターはカタカタ音をたてました。残業は人の倍しました。過労死せんとばかりに。仕事の後はカラオケバーに飲みに行き、マイクを握りしめて悲しみや美しさをうたった曲を呂律の回らぬまま歌いました。千鳥足で店を出て、いちばん賑やかな街角を通り過ぎました。もうどうしようもないとは知りながら、けっして生まれてこなかった人のことを考え続けていました。

86

そんなわたしに対して、キョウコときたら！

彼女は心の扉を開けました。キョウコが心の扉を開けながら、日に日に美しくなっていくのをわたしはこの目で見ました。母親の目のこの輝きは、キョウコがベビーベッドの上に身をかがめたとき、赤ちゃんのあらゆる動きに注がれました。普通の人なら誰も気づかない、どんな些細な動きに対しても。ほら見て、ツヨシがもうつかんだ、と言おうとしたのでしょう。ほら見て、ツヨシが微笑んでいる。ほら見て、ツヨシはあなたの目をしている。そう思わない？　パパの目よ、と彼女は、わたしは何も答えなかったのでツヨシに言いました。あなたの目はパパの目とそっくり。廊下にいたわたしは嫉妬を感じました。この静かな、静かな子どもを、何の理屈も先入観も抜きにして、健全な誰しもがもつ常識に逆らって、それでもわが子とみなし、あるがままに受け入れ、その子に欠けているものには一言も触れない能力に、わたしは羨望を覚えたのです。その子の欠陥をさらさら意識していないことにも。でもそれが間違いであることを、彼女は悟らなくてはなりませんでした。彼女はきっとそんなふりをしているだけなんだ、とわたしは考えていました。ええ、きっと、彼女は自分にそう信じ込ませていたのです。会社の同僚たちには、息子はいたって健康に生まれてきたと話していました。手にも足にも十本の指がついていると。皆はおめでとう、と拍手を送りました。今でもあの鳴りやもうとしない拍手の大合唱が耳元で聞こえるようです。今でもあの幸福に似たものを感じた三十秒が思い出されます。

両親が訪問に来ました。両家そろって四人の両親が。子ども部屋を儀礼的に一瞥すると、あとはお茶を飲み、ビスケットをつまみながら、物価高や南方に上陸した台風、ある俳優と女性歌手のスキャンダルについて話していました。それは張りつめた会話で、何度も何度も中断し、なるべくツヨシにふれないよう努力することによって続けられました。わたしは煙草を吸うために庭に出ました。うだるように蒸し暑く、まもなく雷雨になる気配でした。母はわたしの後についてきました。ハンカチの中ですすり泣いているのが後ろから聞こえました。かわいそうな子、と言いました。わたしのことです。どうしてこんなことが起こるのかねえ。ひょっとしてマツモトさんが、オカダさんが何かを隠していたのかねえ。徹底的に調べるべきだったのよ。いずれにしてもわたしたちに問題はない、と母はささやきました。わたしは黙って、母のささやきの中に慰めを見出しました。きっとこれはキョウコさんの問題よ。間違いない。あのとき、キョウコさんの行儀の悪さにそれを見破ることができたはずなのに。もう十分だよ。大声ではなく、小声でわたしは言いました。もう十分さ。

87

この子、抱いててくれる？　キョウコはツヨシをわたしの腕に預けました。お料理の最中なのよ。すぐ彼女は台所に入っていきました。最初で最後、わたしはひとりきりでツヨシと対面しました。その重さと体の温かさにびっくりしました。つかむことのできないもののように、軽くて冷たいものと思い込んでいたのです。来たと思ったらすぐに去ってしまう、微風のように。ツヨシはわたしを見つめ、二つのこぶしを高く上げました。頭をもつと、髪は絹のようでした。低い鼻に、開いた口。さあ、泣いてみてよ。ちょっとでいいから。一度でいいからぼくのために泣いてくれ。赤ちゃんはそうするんだよ。一日中泣いてるよ。おかしくなったくらい泣き叫んでるよ。でもおまえはどうだい。どうして泣かないんだよ。わたしは頰をつねり、最初は強く、それからもっと強く、しまいには自分の指が痛くなるくらい強くつねりました。ツヨシは苦しそうにあえぎました。びっくりしてわたしは彼を下に置きました。ぜいぜいとあえぐ赤ちゃんなんかいません。そんなことをするのは老人だけです。新鮮な空気を求めてその場を離れました。キョウコが戻ってきたとき、わたしはもう庭の楓の樹の下で煙草に火をつけていました。今になってわたしは思います。もう少し座ったまま、あの子の笑顔を待っていたなら。あの子の障害は、わたしのものに比べると大したものではないと気づいていたでしょう。わたしの心の中で硬直していたもののせいで、息子の頰の柔らかさを深く、切実に感じることができなかったのです。わたしたちにはふたりとも心臓の欠陥があったのですが、わたしの方が深刻なものでした。

キョウコはわたしを責めませんでした。わたしの言葉には出ない気持をわかってくれ、またそれを口に出すのを恐れてもいました。いろんな人が、おめでとうを言いにやってきました。キョウコは彼らのことを、おかしみと苦しみを交えて、お悔やみ客と呼びました。彼らはお悔やみを言いに来たのです。赤ちゃんが健康でなくて、なんて残念でしょう。本当についてないですね。何とか防げなかったんでしょうか。おそらくキョウコは、このような救いのないお悔やみをわたしの口から聞くことを恐れていたのです。まるでツヨシが死んだかのようなお悔やみを。彼女は息を荒げて怒りました。わたしにではなく、そのような人たちにキョウコは激昂したのでした。

88

一度キョウコの発案で、〈太陽の家〉に行ってみました。それは、ツヨシのような子どもをもつ、わたしたちのような親たちが情報交換をする場でした。その会員になってみてはというのです。そんな集団の一員になるなんて。突然、重苦しい気持ちになりました。わたしはあらかじめ微笑みを準備しておいて、標札をぶら下げて歩きました。そこには〈どうか構わないでください〉と書かれていました。その後ろにひとり閉じこもりました。自己紹介の場で、わたしは微笑みつつこう言いました、ここにいることができてうれしいです。子どもは全部で五人いました。お父さんとお母さんはあわせて九人。ひとり足りません。わたしです。それでもほかの方々は歓迎の意を示し、わたしたちもうれしく思います、と言いました。

生後五か月だったツヨシは最年少でした。ほかの子どもたちは、三歳、六歳、十歳、そして十六歳でした。驚きました。十六歳の子は、たしかヨージという名前だったと思いますが、ちょうど絵を描いていました。彼は座ったまま興奮して飛び跳ねながら、赤いクレヨンを手にもって、わたしたちのほうを盗み見し、また紙の上にかがみこみました。その隣にいた十歳のミキちゃんは、あたし、おおきくなったら、おうちをたてたいの、と熱心に話していました。彼女のお父さんは、誇らしげに娘の肩に手を置きながら、つまり、けんちくかだね、と要約しました。わたしの娘は、建築家志望なのです。この人は気が狂っているのではないか、わたしは顔では微笑みつつ、心の中でそう思いました。三歳の子はわたしの足元を這い回っています。ターちゃん、こっちに来て！　母親はアヒルのおもちゃで注意をひこうとします。みんなが好き勝手なことをしゃべり、あちこちに散らばっているおもちゃにつまずきそうになります。手足の曲がった人形が、目のとれたクマのぬいぐるみの上に重なっています。六歳のアキコは人形を乱暴に叩いていています。

オジサン。

わたしはびくっとしました。火のような赤い手が、わたしを突っつきました。ヨージでした。しゃべるのも一苦労で、どの言葉も習ったばかりのように絞り出して話します。ぼく、え、を、かい、た。これ、あ、なた。どう、ぞ。そう言って、わたしに一枚の画用紙を突きつけました。

顔の絵でした。角ばっていて、口はへの字。目は二つの穴で、そこからふたつの稲妻が出ています。そして耳の代わりに角がありました。悪魔の顔です。ヨージの父は謝りました。あまりあなたに似ていませんね。そして息子に言いました。もっと上手に描けただろ。ほら、おじさんは笑っているよ。ヨージはため息をついて、自分の場所に戻りました。

89

彼もため息をついた。この子はわたしの心を見抜いたのだ、と思って。それに彼だけではない。彼は袖で額の汗をぬぐった。この暑さでは、草も枯れてしまう。季節の中でわたしは夏が一番嫌いです。弱々しい咳。ぼくたちは公園にいた。彼がブリーフケースをいつものように、ぼくたちのあいだに置いていないことに気づいた。それは問題ではないことにも気づいた。ぼくたちのベンチは待つための席だ。ぼくたちはいっしょに、起こりそうもない何かを待っていたのだった。

ツヨシーッ！

叫び声です。

その叫び声は、わたしたちの静かな家の壁のあいだに響きました。

慌てて子ども部屋に駆け込みました。キョウコがいます。ベッドの上で泣いています。ツヨシを抱きかかえながら。ツヨシの頭はだらんと垂れ下がっていました。息がありません。身体も冷たい。早く。急いで病院へ行かないと。かすかに酸っぱい匂いがしました。先生のことを思い出しました。エンジンがかかり、自動車が始動の叫び声をあげます。バックミラーには叫んで取り乱したキョウコの顔が映っていました。ツヨシはその膝の上に横たわったままです。わたしはツヨシの方を見ませんでした。テツ、どうか早く運転して。お願いだから。できる限り早く。そしてその瞬間、突然、泣くのをやめました。そしてこうささやきました。もう息をしていないわ。死んだのよ。キョウコの顔に青信号が映っていました。やっぱり、ゆっくり運転して。もっとゆっくり。急いじゃだめ。できるだけ長くツヨシとこうしていたいの。わたしはアクセルから足を離し、ブレーキを踏みました。正直に言うと、またやるせない、熱い感情の波にとらわれました。誰が死んだというのだ？　自分の知らない人だ。後ろでクラクションが鳴り、誰かが罵声をあげました。感情を失った感情。自分のことではないんだ。お気の毒ですが、もうなすすべがありません。そう誰かに言われることがあっても、自分とは関係ないんだ。

90

こんなことを話しても、意味がないのは自分でもわかっています。でも、その日、いかに大切なものを失ったかを悟ったということを、どうしても言っておきたいのです。わたしは息子を失ったことを悟りました。自分が与えた名前で一度も呼びかけてやることもなく、息子を失ったことを悟りました。ツヨシ。強い人という名前を。この名前どおりの息子をイメージしていました。映画で観たことのある、お腹に喰らわされた拳骨のような強さ。ですが、そんな映画も息子といっしょに観ることはありませんでした。けれども息子の死とともに何を失ったかがわかったのは、ずっと後、何年も経ってからで、それはまた二重の喪失でもありました。一度閉じた傷口をまた開くことでした。そこにたどり着き、理解しても、もう元に戻すことはできません。元どおりにできるものは何もないのです。

ふたりで帰宅すると、廊下にはがらがらが転がっていました。キョウコはかがんで、それを拾い上げました。もしかすると、わたしは声に出して言いました、このほうがよかったんだよ。がらがらを鳴らしながら彼女は振り返りました。その目は見開かれていました。誰のためによかったって言うの？　あなたのため？　こう問いながら、彼女はわたしを立たせたまま子ども部屋に入って、鍵をかけました。わたしは何かよからぬことが起こらぬかと耳を澄ましましたが、自分の腕時計のチクタクいう音以外は聞こえませんでした。一時間後、諦めてテレビの前に座り、スイッチを入れ、ボリュームを上げました。

91

それから数年後のこと。
キョウコは猫のようにソファの上で丸くなって、クッションに語りかけていました。内容はいつも同じでした。ねえ、覚えてる？　あの八月の夜のことを。あなたは言ったわ。もしかすると、このほうがよかったんだ、って。あなたがこう言ったときほど、強い憎しみを感じたことは今までの人生になかったわ。スーツの中のネクタイは傾いていて、脇の下には黒い染みがついていた。あたしはツヨシのベッドに座り、あなたに激しい憎悪をいだいた。それから六か月間、この感情を忘れようと闘ったわ。あなたが酔っぱらって家に帰って来て、自分の人生は行き詰った、なんて愚痴を言わないときはね。でもとうとうあたしの心を占領してしまった。あの子のいる彼岸へ行こうとする悲しい憧れがね。おだやかな死をあたしは望んでいた。憎しみのただ中で、死は目の前に友人として現れ、あたしを心から歓迎し、大切にしてくれた。死のうとした夜。あたしは羊を数えていて、最後の一頭が柵を飛び越えるところまできた。何があたしを引き留めたか、わかる？　ちゃんと聞いてね。それはね、毎朝六時に起床してあなたのお弁当を作らなくちゃという、単純な思いだったの。ばかみたいでしょ。これ以上ないくらいばかな考えでしょ。あなたがあたしを必要としているという思いよ。いつか言おうと思っていたけれど、今言うわ。あなたがどんな人で、どれくらい無能かってことはもうとっくに見抜いていた。あなたの無能さの向こうに、ひとりの悩める人間を見たの。この考えがわたしを救ってくれた。突然、どのようにあなたが会社に行って、帰って来るのかが見えたことがあるわ。すると突然、あなたが岩を転がしているのも見えた。今、あたしもいっしょに岩を転がしているの。その繰り返し。あたしたちはお互いに岩を転がして、急な坂道を登っているの。

92

おにぎり三つ。天ぷらと海藻サラダ。

もし今ツヨシが生きていたら、三十一歳になります。いい歳ですよ。彼はわり箸を二つに割った。人生をきちんと振り返ることも、先を見通すこともできる年齢です。食べますか？

ぼくは肯いた。

じゃあ、おにぎりひとつどうぞ。どう、おいしい？

ええ。今まで食べたおにぎりの中で、一番おいしい。

彼は笑い、笑いながら手の甲で目の上をぬぐった。見えない涙を。こうして君といっしょに食べているように、ツヨシといっしょに座って、キョウコのお弁当を食べることができたらなあ。そうは思いませんか？　彼はお箸でこっちを指したり、あっちを指したりした。ある意味ではここにみんながいる。若い女の腕を取っているあの男はハシモト。その後ろで杖を突きながら足を引きずっているのが彼の奥さん。あそこで本を読み、鉛筆をくわえているのがクマモト。木陰で膝の上までスカートを引っ張っているのがユキコ。噴水のそばで鳩に餌をやっているのが、たぶん先生。みんなが空の下、ここにいる。ただ現れるのを待っていればいい。

もしそうなら、とぼくは言おうとした、あなたの息子になりたい、と。でも言えなかった。その代わりに、彼にひとつお願いをした。ぼくは切り出した。あのう、何か……。

何ですか？

何かぼくのためにしてくれませんか。

言って下さい。

今晩、奥さんに本当のことを、会社を首になったことを言ってください。いろんなことがあったり、なかったりした後、今こそ奥さんにそう言う責任があります。

わかった。約束する、きっと言います。じゃあ、あなたも約束してくれますか、その髪を今日中に短く切ると？　長いこと言えなかったけれど、そんなもじゃもじゃの毛をしていると恐ろしく見えるよ。

ふたりして笑った。じゃあ、指切りげんまん。

月曜日に会えば、お互いがわからないかもね。
あなたはまた来てくれますか?
もちろん。
それで?
新しい始まりだ。

93

あの日の午後、ぼくは眠り込んでしまった。深い眠りに落ち、こんな夢を見た。ぼくは自分の部屋にいた。両手は冷汗でびっしょり。ベッドの上で死体のように手足を伸ばしていた。全力で体を動かしてみるが、びくともしない。そのとき、父の声が聞こえた。もう打つ手はない。せがれは死んだ。違う、ぼくは生きている! と叫ぼうとするが、口がない。天井の鏡を見ると、ぼくには口も目もなかった。存在しない目で見ると、自分の顔は白い壁だった。母の声がする。あの子は気の毒ね。自分の顔を見つけられなかったのよ。この瞬間、カーテンが開いた。窓からギラギラとした陽光が白い壁に、つまりぼくに差し込み、突然、鏡の中でそれがバラバラに砕け、部屋の四方の壁といっしょに崩れ落ちていくのが見えた。周りに広い空間がひらけ、誰かがぼくに触れた。ぼくはその後を追いかけた。走っているといつのまにか口と目が戻っていた。頬が燃えるように熱い。そのとき自分が泣いていることに気づいた。涙は赤い糸となって頬を伝い落ちていった。忘れていなかったんだ、とぼくは叫んだ、いとしい君のために泣くことを――。

目を覚ましたとき、彼はもういなかった。ぼくのわきの背もたれには、彼のネクタイがかかっていた。手にとって生地を触ってみると、ぬくもりのある絹だった。新しい始まりだ、と彼は言った。その言葉にぼくは疲れを感じた。足を引きずるように公園を横切り、外に出て、交差点を渡り、フジモト商店を通り過ぎて、家に戻った。両親は心配そうに玄関に立っていた。よかった、帰ってきたんだね。探しに行こうとしていたんだよ。でもぼくはへとへとに疲れていて、力なく、ただいま、と返答するのが精いっぱいだった。両親は口をそろえて、お帰りなさい、と言った。

94

今晩のうちに、という約束をぼくは守った。右手にはさみを持って、ひと房ひと房切り落としていくと、頭は軽く、爽快になった。一度切ってしまうと、床中に散らばって、もう自分の髪の毛ではなくなる。彼も同じ気分なんだろうな、と思った。一度話してしまうと、彼は真実という重荷をおろし、どうしてこんなに長いあいだそれが言えなかったのか、後から説明しろと言われてもできないだろう。彼が鏡の前に立ったら、ぼくと同じように、なじみがあるのに、同時に見知らぬやつを見出すだろう。そして、彼はぼくを思ってこう言うだろう。真実を告白することは髪を切るようなものだ、と。

けれど、なじみのあるやつがまだ優勢だった。この先どうなるのだろうか。ぼくたちの友情は、これまで自分が入った中で一番広い部屋だった。その部屋の壁に、ぼくはお互いに語り合った話の絵を貼りつけた。もしかすると、どこに通じているのかわからないドアを通って、この部屋を去らねばならない、そして自分を見知らぬものにさらさなければならない、という考えが、ぼくを包囲し不安に陥れた。ぼくは彼があの秘密をまだひた隠しにし、月曜日に現れたとき、約束を守れなかったことを黙って仄めかす、という事態をほとんど望みさえした。そんな浅はかな望みを、ぼくは心の中にしまい込んだ。週末のあいだはずっと、その希望を心の片隅に隠していた。日曜日の夜には、あなたの息子になりたいと、彼に言うチャンスがもう一度あれば、というはかない望みだけが残っていた。

95

九時。あれは彼にちがいない。ハワイ柄の半袖シャツを着た人が近づいてきた。顔が異様に若い。いや、見間違いだった、彼ではない。でも、あの後ろに歩いている人は。前かがみにして、まるで誰かを避けるかのように斜めに進んでいる。そう、彼だ。いや、違う。また来た。今度こそ。また違うか。そして、この人も違う。いったいどうしたのだろう。きっと何かが起こったにちがいない。きっと、遅刻でもしたんだろう。そのうち茂みの後ろから現れるさ。あれは男性だろうか？　それとも女性？　いや、子ども？　もし彼だったら？　ぼくはあたりを窺いながら待ち続けた。きっと誤解があったのだろう。こんなにたくさんの人々が行ったり来たりしている。さっきまで彼らはぼくの視界に入ってこなかったのに。何か彼の身に起こったのだろうか？　見間違えるたびに、ぼくは彼が現れない理由を考え出した。頭痛かもしれない。遠い親戚の不幸、夏のインフルエンザ、あるいは誰かが至急助けを頼んできたのかもしれない。ネクタイを人差し指と中指のあいだに挟んで、ぼくは待ち続けた。もう誰を待っているのかすらわからなくなった。

お昼休み。公園ではお弁当が開かれた。あちらこちらでグループごとに座って、飲食し、おしゃべりしている。ぼくはキョウコさんを思い出し、今日も彼女はいつものように六時に起きたのだろうかと思った。それともまだベッドに寝たままで、彼に外へ行かないでと頼んだのだろうか。ぼくのことは知っているのだろうか。そして、彼の身に何か起こったとすれば、それを知らせに彼女はここに来るだろうか。あの前にいる女性がそうかもしれない。その女の人から誰かを探しているような印象を受けた。ぼくはここですよ、と叫びそうになったが、幸い彼女はもう相手を見つけ出し、手と手を取りあっていた。突然、ぼくは自分中心の考え方に恥ずかしくなった。上着の襟を立てた。キョウコさんが自分を探していると考えているこのぼくは、何者なんだろう。あのひとが自分のところに来るはずだと思い込んでいるぼくとは、いったい何者なんだろう。ぼくは女性が木の後ろに隠れるのを目で追った。サラリーマンがその傍らを歩きながら、彼女のうなじにやさしく触れた。

96

そしてまた戻ってきた。自分が誰でもない、いや誰でもない以下の、無であるという感情が。この無力感はぼくをがんじがらめにとらえ、こう言った。さあ、走れ！　ぼくはあっちへ、次にこっちへ駆けだそうとしたが、一ミリも体が動いてくれなかった。むなしく進もうとした疲労感から、体がぶるぶる震えた。ユキコが死んで以来、この震えが止まらず、いつも皮膚の下がかゆくなるのだった。そのかゆみはぼくの内側だけでなく外側にも広がり、正常でいるためにあらゆる努力を払い、必死で闘っているにもかかわらず、そのためにかえって自分がどこか異様な存在となっていることを、痛感させられるのだった。

ぼくはできる限りそれを隠した。誰もそのことに気づかなかったはずだ。そして隠しおおせなくなると、大声をあげてそのことを笑い、指摘して、こう言った。まったく、お笑い草だよ。たいていぼくは両手をポケットに突っ込んでいた。名前が呼ばれるたびに手が震え出したからだ。その場を見られたっていうのか？　秘密がばれてしまったっていうのか？　何も見なかったかのように、見つからないように細心の注意を払って行動したはずなのに。それに周囲にうまく溶け込んでいる以上に、人目につかない方法はないだろう。両手をズボンのポケットに突っ込んで、秘密などない人の顔を装った。これがプレッシャーというものなのだろう。宿題や成績ではなかった。このプレッシャーは、自分が個性のない人間であることを他人に気づかせないことにあった。信頼を勝ち取るための闘いだった。ぼくが最初にひきこもったのは実家の自分の部屋ではない。実はそのずっと前で、ぼくのむきだしの額にだった。ユキコの話題になり、先生たちがときおり、警告の意味を込めながらその話をすると、ぼくは両手をポケットの奥のほうまで突っ込んで、さりげなく口笛を吹きながらトイレに行った。そしてそこに閉じこもり、何分かのあいだ手の震えが収まるのを待った。ノックがして、タグチ、中で何をしているんだ？　と尋ねられると、わかってるだろ、と答えた。そうなの、とクスクス笑いがした。それにしても、長いな。するとぼくは、調子のよい作り笑いを浮かべながら外へ出た。

自宅でも、両親といっしょに食卓について、震える箸で食べるのを見られたくなかった。でもおそらく両親は何も気づいていなかっただろう。というのは、震えを皮膚の下に押し込めて、またひとりになって気が楽になり、表面に上らせるまで隠しておく術を身に着けていたからだ。だんだんぼくは自分の部屋で食事をとるようになった。父も母もその理由を尋ねなかった。おわかりのように、難しい年ごろですから、と人には言っていた。ぼくに尋ねたにしても、それ以上の答えを返すことはできなかっただろう。難しい年ごろに関する彼らの理解は、ぼくができる最高の言い訳となった。申し訳ありませんが、いっしょに席に着く気はないのです。申し訳ありませんが、その理由を説明することはできないのです。震えるまなざし。あらゆる人間の中で、ぼくは、自分自身にだけは見られたくなかった。

97

でも、ぼくは自分を見た。

ぼくは自分の隣に立って、自分自身を見た。

揺れるカメラ。

ぼくは不可能を、自分をだまそうとする試みを見た。見て見ぬふりをしたのは当たり前のことだった、と自分に言い聞かせた。ユキコの、助けて！　という、喉から絞り出されるような願いを聞き流したことなど、この世界ではごくありふれたことだ。ユキコと目があって、この人は自分を助けてくれない、援助は期待できない、と彼女のまなざしが悟ったとき、その場を通り過ぎたことは、ふつうのことだったのだ。ユキコのまなざしがぼくの視線からそれたときの失望。ぼくが彼女を見捨てて通り過ぎ、二ブロック向こうであえぎながら立ち止まったとき、まるでとても繊細なものが途方もなく粗野なものによって押し潰され、引き裂かれ、粉砕されたかのような、鈍い破裂音が聞こえた。いったい誰がその場を逃げ出さないでいられるだろう？　誰が同じことをしないと言えるだろう？　そうぼくは自分に言い聞かせた。そして、どれほど自分がそう信じようとし、そう信じることがどれほど自分を慰め、偽りの慰めをもたらすかを知った。ユキコのことなんか忘れるんだ。一度は忘れたじゃないか。自分がユキコを忘れたふりをしていることはわかっていた。彼女は白い平面上の黒い点だ。長いあいだ見ないでいると、本当に消えてしまうのだった。現実とは絶えず変化するものであり、変動する量を測る、ひとつの座標に過ぎないのだ。それをまっすぐに戻すのは罪なことではない。罪となるのは、まっすぐになった現実を、現実以上に現実的なものとみなし、間違っていると知りながら弁護してしまうことだ。

たった一度でもぼくが泣いていたなら。ぼくは泣いていない自分を眺めた。あごを引き締め、じっと耐える。急いで、何かを壊す。そこにある鏡を割る。もう一度、拳骨で。本当の痛みを隠してくれる、心地よい痛み。存在しない痛み。感覚すら奪い取る痛み。ガラスの破片を掃き集め、それをもって去る。泣かないことも泣くことのひとつだということを学ぶ。でもやっぱり泣かない。あごを引き締めて、じっと耐える。

ぼくとは違う人たちもいて、彼らを発見するのは簡単だ。ただ、彼らの中に紛れ込んだぼくを再び見つけることは難しい。彼らは逃げていく足取りでわかる。話しかけると赤いあざが喉にある。誇張された陽気さ。普通であることをむきになって見せつけるのだが、まさにその点で彼らは異なっている。誰であれ、そんな人にぼくは嫌悪感しかもたない。そんな彼らから透けて見えるのは、信用を求めて戦っているぼくを脅かすディレッタントの姿だ。彼らに対してひとつ失敗をしでかすと、偽の仮面を守るために、ぼくはより大きな努力を払うはめになるかもしれない。ぼくたちを結びつけていたものは、同時に、ぼくたちを引き裂くものでもあるのだ。ぼくらはひとりひとり、自分の殻の中にいる。少しでも揺さぶられると、首をすくめてその中に閉じこもってしまうのだ。

98

ぼくの十七歳の誕生日に、父はいっしょに海に行こうと提案した。今日は海に行くぞ、と父は言った。お前とおれのふたり、親子水入らずで。それは父が何かを提案するときのやり方だった。自動車の中では古い演歌が流れていた。酒と女、とある歌手が歌っていた、これほどすばらしいものはない、と。父も合わせて歌ったが、ぼくは黙って窓から外を眺めていた。その場所からちっとも動いていない気がした。動いているのは家々や田んぼや雲であって、ぼくたちではなかった。青白い月。その下に碧い縞模様が近づいてきた。海だ。

父はシャツを帆のように膨らませて、ある方向に歩み始めた。父の後についてぼくも浜辺を歩いた。とどろく波音。一羽のカモメが逆風と戦っていた。二つの岩。ここで休もう。ふたりでこうして座るのはずいぶん久しぶりだな。いや初めてだよ、とぼくは答えた。ばつの悪い咳ばらい。いつものことだ。こうしてふたりでいるのも悪くないな。もっとこうしていっしょにいる機会を作るべきだったな。父は靴を脱ぎ、靴下を脱ぎ、はだしの足を砂の中に突っ込んだ。こんなことはめったにしない。父は笑った。か細い声から、父の心がうかがい知れた。ぼくは父の袖を引っぱって、こう言おうとした。そんなことしなくていいよ。ぼくには悲しみを隠さなくてもいいよ。笑い飛ばすことなんかないんだ、と。父はまた咳払いをして、足指で砂をさらに深く掘った。ねえ、大人になるというのは、そんなに悪いことじゃないんだよ。つまりお前は、あるはっきりとした目標を持って、それを達成するためにベストを尽くさなけりゃいかんのだ。目標をしっかり見すえて、一歩一歩それに向かって進んでいくんだ。転んでもまた起き上がればいい。でも最後には目標にたどりつく。振り返れば、自分のたどってきた足取りが砂の上に残っているのが見える。それを見れば幸せになる。道の途中で味わったさまざまな絶望もみんな消えてしまう。わかるか？　そうだろう？　ぼくはうなずいた。そのとき、ふとぼくの口から次のような質問が出た。ねえ、父さんは絶望を感じたことある？　誰が？　おれがか？　父はしばらく口をつぐみ、踝《くるぶし》まで砂に足を入れてかき回した。いや、ない。でもどうしてそんなこと聞くんだ？　ただ一般的なこととして聞きたかっただけさ。父さんが言いたいのはね、諦めてはいけない、ということだ。父はぼくの肩を軽くポンポンと叩いた。こうしていっしょに話すのも悪くないな。父は足から砂を払い落とし、靴下と靴をはいた。そしてまたふたりで歩き出した。貝殻を踏みしめ、石を跳ね飛ばしながら。水平線に一艘のボートが見えた。そのボートは向きを変え、港に戻った。

99

奇妙だ。でも父もまた隠しごとをしていたということ、また彼も震えに悩まされていて、それを皮膚の下に押し隠していたという認識は、ぼくの慰めになった。少なくともある期間は。確かに父が言ったことは単純明快だった。目標をかかげベストを尽くせ。そしてその目標に到達しろ。そうすればいつか幸せになれる……。そのためにはほんの少しジャンプすればよかった。より安全な向こう側へ。向こう側に行けば、他人だけでなく自分自身をも裏切ったことが、どんなにつらいか、考えなくてもよいのだ。ぼくはそこに向かおうとし、スタートを切ってまだ助走している最中だった。もしクマモトというリレーの選手があの最後の瞬間に、誠実さというバトンをぼくに渡さなかったら、ジャンプしていただろう。認めろ。それは彼の叫びだったのか？　もういい加減に、お前も同じ病気を患っていたことを認めろ。ぼくのうん、という返事は、自分の後ろで閉まったドアだった。父の絶望は遅すぎた。父が怒鳴りながら部屋に入ってきて手をあげたとき、ぼくはもうとっくに手の届かない存在になっていた。父はそれに気づいたのだと確信している。実際、父はぼくの前で後ずさりしたのだった。そして故意にぼくを叩き損ねたのだった。

どんよりとした夕空。

公園には人影がなくなり始めた。周辺の街灯がついた。もう一分だけ。もしかすると今にも彼が来るかもしれない。ちょうどぼくが腰をあげたとき。ハッピー！　動かないで！　ピンと張った綱。あたたかい犬の鼻の頭がぼくの首元にあった。ハッピー！　やめなさい！　ハッピー！　こっちに来て！　ハッピー！　お行儀よくしなさい！　柴犬は言うことを聞かなかった。ぼくのそばで何度も飛び跳ねて、顔じゅうを舐めた。ざらざらした舌。クンクン鳴いている。ぼくは犬をわきに押しやり、立ち上がった。ハッピー！　やめなさい！　ぼくがベンチを去ってからも、しばらく犬の鳴き声が聞こえていた。

100

こうして一週間が過ぎた。九時、ぼくは公園に来た。彼が現れたように見えても、そのつどそうでないことを確認しなければならなかった。彼と見間違えたのは、高校生や煙草を吸っているキャリア・ウーマン、ゆらめく影法師などだった。彼が現れない理由をあれこれ考え出してみた。お腹が痛くなったとか、思いがけない旧友の訪問があったとか、突然思い立って登山に出かけた等々。そうした理由が全部尽きた頃、梅雨が始まった。

〈MILES TO GO〉

片隅に置き忘れたぼくの傘があった。しかしそれは何の証明にもならなかった。ぼくを呼び止める声はなかった。実際、そもそも彼と本当に出会ったのだろうかという疑念が鎌首をもたげ始めた。ひょっとして彼はぼくが作り上げた人物ではないだろうか。彼が来ない理由をあれこれでっち上げたように。ネクタイだけが、彼が存在した動かぬ証拠だった。ネクタイを触ると、やっぱり彼はいるんだ、と納得する。頭皮がかゆい。髪の毛がまた伸びていた。それに対して喫茶店での時間は止まったままだった。To want a love that can't be true… この音楽だ。ときおり床に身を投げ出して、涙で床じゅうを濡らしてみたくなる。そんな話を作り上げるはずがない。これは本当のことだ。ぼくは崩れるように座り、コーラを注文した。少々お待ちください。目を閉じて、彼の顔を思い出そうと努めた。しかし輪郭はぼやけてしまっていた。ユキコやクマモトの顔なら、もっとはっきりとした表情が記憶に残っているのに。悲しき優しさ。彼の場合は、悲しき疲労だった。目を開けたとき、気がついた。周りにいる人々がみな同じ疲労に取りつかれていて、そこから自分を解放してくれる誰かが来るのを待っていることに。冷たい地獄の中で、ぼくたちはひたすら堪えているのだ。ときおりある言葉が浮かんだ。人は何かを行動に移さなければならない。

それから六週間、ぼくは杳《よう》として現れない彼に数えきれない言葉を浴びせたあげく、ようやくひとつの答えにたどり着いた。

101

彼の名刺。それをぼくは暗記していた。頭の中にあった住所に彼を訪問してみようと決心した。そこでピンポンとベルを鳴らし、ドアの前で物音がするのを待っていよう。それから先のことは考えなかった。彼に会釈をして以来、初めてする本当の決断だった。きのうの朝早く、そう決めて目を覚ました。ぼくの目の前の壁のひび。すべてを変えるだけの覚悟さえあれば。とにかくここから脱出しよう。キョウコさん。彼女も、ぼくのことを思っているような気がした。急いで服を着た。ひとつひとつの動作ごとに決心がますます揺るぎないものになっていった。ともかくドアの前で物音がするのを待って、その先は、何が起こるか、深く考えない。なんとかなるさ。家をそっと抜け出した。ジャンパーのポケットにはあのネクタイを入れて。街角を通り過ぎるたびごとに、ネクタイにさわる。それはぼくを後押ししてくれた。人ごみに突入し、切符を買う。買い方は忘れていなかった。改札口を通り、地下鉄に乗った。これが彼の世界だった。毎日毎日、このつり革をつかんでいたのだ。ぼくは肩を前かがみにして、わずかに傾斜した姿勢で人の流れに逆らって漕ぐように進んだ。すべてが街の中へ向かい、ぼくだけが外に向かっていた。彼が目にしたに違いない、さまざまなモノが目に飛び込んできた。広告板やポスター。はち切れそうなごみ箱。ぼくのまなざしは、見たり見られたりするうちに、モノで氾濫してしまい、もはや自分のまなざしではなくなっていた。こんなに多くの人々がいっしょにいるなんて。地下鉄に乗車した。どこもかしこもお父さんの靴だらけ。頭の中で住所を何度も唱えた。七週間が、つまり四十九日が経過していた。なぜそんなことを、今思い出したのだろう？　地下鉄から降りた。これが、彼の立っていたプラットホームだ。彼が、もし自分がいなくなったら、それは誰かの中にある彼という一部分が欠けることになりはしないか、と自問したプラットホームだ。誰もいない。歩く速度を緩めた。もしドアが開いたら、なんと言おうか？　ドアの後ろの彼と再会するのがぼくの望みだった。それはひきこもりになり始めの頃、部屋から出てきたぼくに、大丈夫なの？　と尋ねる両親の望みとは違っていた。バスに乗車する。発車する。ぼくの隣の座席に一冊の本が置き忘れてあった。ひとつの証拠。でも誰の？　運転手がぼくに叫んだ。ここで降りてください。熱い空気が吹きつけてきた。着いたのだ。あと少し歩かねばならない。それから。

102

ミーンミンミーン。セミが鳴いている。一匹捕まえたが、すぐ逃がしてやった。ベッドタウンの眠っているように静かな団地を通り抜ける。真っ白なシャツが物干し竿に干されていて、どの家も似たりよったりだ。ハンカチのように小さな、干からびた庭。鉢植えのヤシの木。赤ん坊と女たち。子どもたちは学校へ行き、男たちは仕事に行った。あそこだ！　節くれだった根と、ひび割れた周囲のアスファルト。庭戸。ぼくは見上げた。窓は開け放たれ、カーテンが風になびいていた。ベルを鳴らす。じきにドアが開かれるだろう。キョウコさんの植木鉢と軍手。もう一度ベルを鳴らす。隣家からは食器のカチャカチャいう音に妨げられながらも、かすかにピアノの調べが聞こえてきた。もうすぐお昼だ。ぼくは道路の縁石に腰を下ろした。そして感じた。こうするしかないか、ドアが閉まったままのときは。外に立って、人の物音をむなしく待っているときは、こうするしかないか。太陽がジリジリと照りつけ、ぼくはまぶしさに目をしばたかせた。

どうしたの？　澄んだ女性の声がした。彼女は通りを上ってきたのだった。

依然として目をしばたかせながら、ぼくは声の主を確かめようとした。女性は近づいてきた。

ぼくは飛び上がった。オオハラさんですか？

ええ、そうですが。では、あなたは？　夫の友人のタグチ・ヒロさん？　ごめんなさいね。あの人ったら、あたしには一度も……。

ぼくはネクタイを引っ張り出した。

こんなことってあるの？　彼女は庭戸を開いてぼくを招じ入れ、ネクタイを奪い取るように手にとった。一段飛ばしで駆け上った。玄関でぼくが靴を脱いでいると、きれいに揃えられた靴が目に入った。すぐ隣には彼のブリーフケース。フックに掛けられたジャケット。物悲しい線香の香り。

103

ぼくはキョウコさんに続いて廊下を通り、居間に案内された。床にはもうがらがらはなかった。物音ひとつしない。彼女がお茶を沸かしているあいだに、クッションを背にソファに座り、周りを見渡した。アット・ホームな雰囲気。ぼくの前にはテレビがあり、その左側にたんす、その上にはスノードームとオルゴール時計があった。机の上のバレリーナはひとりでに回転していた。壁には手足を身体に巻きつけた、女性のヌードのポスターが貼られていた。水夫の目の前にいる少女、立ち昇るタバコの煙。薔薇の造花。美しく首を湾曲させた白鳥。水晶の人形たち。吸殻でいっぱいの灰皿。ぼくの靴下には穴が開いていたので、つま先でうまくそれを隠した。ふかふかした絨毯。その上には本が積み上げられていた。本棚はいっぱいで、もう一台必要だった。

お茶に羊羹でもいかがですか？　キョウコさんはお茶を二人分淹《い》れた。前もってあなたが来るのがわかっていれば……。でもね。彼女は微笑んだ。知らなかったわ。タグチ・ヒロさんでしたね？　夫は、あなたのこと、話さなかったと思うの。もしかすると話していたけれど、あたしが忘れてしまっただけかもしれない。あの人が亡くなってからときどき考えるの。キョウコさんの笑顔が崩れた。あたし、あの人をちゃんと理解していたのかなあって。あまりに突然の死だったから。いろんな人から聞かれて。彼女の笑顔といっしょに、ぼくも崩れていこうとしたとき、彼女は言った。ええ、彼は死にました。心不全で。帰宅の途中、電車の中のことでした。七週間前の金曜日に。遺灰はきのう埋葬しました。わかっていれば、お知らせしたんだけれど。それでも、あなたは彼を……。つまり、ネクタイのことよ。亡くなった日、彼はそのネクタイをつけていた。そうかもしれない。彼に最後に会ったのは、あなたなんですね？　キョウコさんはぼくの前で表情を隠さなかった。ぼくが語り始めたときも、語っている途中も、最後まで語り終わったときも。彼女は泣き、笑い、昔を思い出し、そこから戻ってきた。青ざめたり、赤くなったり、最後にはありのままの表情になった。そのあいだずっと、ネクタイを手から離さず、固く握りしめ、いとしそうに指でさすっていた。ネクタイが体の一部になって、溶けて、混然一体になろうとしていた。

104

何があの人の重荷になっていたんでしょう。しばらくしてキョウコさんが尋ねた。会社を首になったのを隠していたこと？　それともその秘密を隠せるように、あたしが後押ししたこと？　これは本当のことよ。あたしは彼が失業し、恥ずかしくてそう言えないことに気づきながら、その恥にとどまるよう、後押ししてしまったの。あたしはあの人に時間をあげたかった。いっしょに待とうとした。彼には自分といっしょに待ち、堪えてくれる人が必要だったの。あたしはときどきあの人に行き過ぎたことをしてしまった。仕事から逃げることや辞職、何もしないでいることも話したわ。会社や上司、同僚のことも。どれも、彼に道を切り開いて、その道を明るく照らし出し、そんなつらいことはしなくてもいい、頑張らなくてもいい、ということをわかってもらうためにしたの。でも彼は離れていった。最初は演技のつもりでやっていたんだけど、あたしのコントロールが効かなくなってしまって。恐ろしいわ、コントロールができなくなると。最初はまだ、大きな転機が訪れる幕を開く力が残っているけれど、いったん大きな変化が起こってしまうと、そのあとはなすすべがない。観客のひとりになってしまうのよ。もう一方は舞台の上にいて、顔にスポットライトを浴びながらひとり芝居を演じて、孤独なの。それを一番後ろの暗い席で、何の手出しもできず、ストーリーが独り歩きしていくのを黙って見守るしかない。そして幕が下りる。あたしは最初からいっしょに演じるべきではなかったのに。彼のためにやったにしろ、こんなお芝居には不幸な結末が待っていることを知っておくべきだったわ。

最初はもちろん予想もつかなかった。あの人は毎朝きっかり七時半に家を出て、夜疲れて帰ってきて、テレビの前で眠り込む。これは珍しいことではなく、毛布をかけてあげると、夢を見ている彼が、キョウコ、とわたし名前をささやくの。そして突然、目を覚ます。言葉どおり、突然。棺桶に安置されていた死者が急に両手を上げて、よみがえったように。そして息がつまるほど強くあたしを抱きしめて、耳元に息を吹きかけるの。許して。どうか。どうか、ぼくを許して。あたしは息が苦しくなってあえぎました。するとようやくあたしを離してくれるの。彼の腕はまた力が抜け、さっきよりもっと垂れ下がり、半ば口を開いたまま、もっと深く眠り込んでしまう。あたしは、なんて自分はばかだったのと思い、次の日、会社に電話をした。受話器を置いて、かつてふたりがした決断がずっと守られていたことを知ったの。彼は平穏な日常生活を守ろうとしていた。そしてあたしは、その日常生活のために、彼のもとにとどまろうとした。受話器を置くまでのほんのわずかな瞬間に、わたしたちが取り決めた決断を忠実に守ろうとすることが、いかに美しいか、いかに均整の取れた美しさであるかがわかったのよ。

105

あの人はあの人なりに最後まで必死に働きました。それはわかってくれますね。特に仕事が好きだったわけではないけれど。ただルーティンワークと、それに従うことから得られる満足感だけが好きでした。たとえそれ以外がうまくいかなくても、円滑に運ぶことがすべて。現実を犠牲にしても、この円滑さを維持することが、彼が成し遂げてきた中で一番大変な仕事だったの。

ぼくはキョウコさんがネクタイを首に巻いていることに初めて気づいた。あの人と同じことをしているの。あそこに吸殻でいっぱいの灰皿があるでしょ？　あれを捨てる気にはなれないの。あっちの開かれたままの新聞。いつも泡の中であちらこちらのページをめくりながら、読んでいたわ。これも捨てるに忍びないの。机の上の、もうとっくにパリパリではなくなった煎餅の袋。それをつまみに飲んでいた瓶ビールはもう気が抜けている。洗面台と浴室ではあの人の白髪を見つけた。それも捨てないでとってある。使い古した歯ブラシ。ハンカチ。電気カミソリ。すべて元の場所のまま。夫が身につけていたものも譲り受けた。腕時計。靴。ブリーフケース。その中のメモ。「人生は一度だけと言うけれど、なぜこう何回も人は死ぬのだろう」。ネクタイだけがなかったので、ずいぶん探したのよ。人はこれを悲しみと呼ぶのね。悲しみもまた、夫がちゃんとした人間であろうと努力した理由だったと思う。彼はすべてを、あったままに保とうとして、失ったものを悲しんだ。あたしたちの息子。夫があの子をどんなに愛していたか。実行しなかったり怠ったりしたことは、行ったことよりも痛々しい結果を伴う。もしあたしが彼を揺り起こしていたなら。もしあたしが会社に電話をかけた後、彼にこう言っていたなら。あたしがあなたのそばにいるのは、日常生活のためではなくて、あなた自身のためなのよ、と。そしてさらに言うとね、もしあなたがここに来る決心をしていなかったら。もしその決心を実行に移さなかったら、あたしは明日もネクタイを探していたでしょうし、明日もこう思っていたわ。やっぱりあたしはあの人を理解していなかった、と。だからあなたが来てくれたことに感謝します。キョウコさんはぼくの手を取り、強く握りしめた。あの人に出会ってくれて、ありがとう。

106

お帰りになる前に。キョウコさんはドアの反対側の、廊下の向う側を指さした。その子ども部屋の中に仏壇があるわ。もしあなたが、キョウコさんは三回深呼吸をした、もう一度、彼といっしょに座ってくれるなら、うれしい。

敷居をまたいだ。

ぼくは後ろ手に部屋の扉を閉めた。

ぼくの部屋と同じ大きさの、せいぜい十平米くらいの小さな部屋。家具はない。仏壇だけがあった。その前にあった座布団に座った。左右に花が活けてある。彼の弁当箱が青いハンカチに包んであった。ツヨシの写真と彼の写真。ぼくは線香を三本立て、お鈴《りん》をチンと鳴らし、両手を合わせた。両方の掌が触れ合ったとき、自分の周りの壁がなくなったような気がした。ぼくの中で何かが緩んだ。涙があふれ出た。長いこと泣いていなかったせいか、子どもや老人のように激しく泣いた。ぼくは恥も外聞もなく泣いた。彼のために、そして亡くなったほかのすべての人のために泣いた。キョウコさんのために、両親のために、自分自身のために泣いた。

そして残されたぼくたちのために、一番泣いた。
聞こえますか？　泣きながらぼくは言葉を絞り出した。あなたは正しかった。ぼくの辞世の詩はとっくに完成しています。まだ書かなければならないのは、けっして完成しない詩です。永遠に墨をすり続け、永遠に筆を墨に浸し続け、永遠に白い紙に書き続ける、ぼくの人生という詩です。それをしっかり書くことを誓います。すぐにでも、いやまずは試してみます。最初の一行は、ぼくは彼をネクタイさんと名づけた、です。彼はぼくに、感じる目で見ることを教えてくれた、と書くつもりです。

107

先生は不死である、と人は言う。たとえその人が肉体を去ったとしても、教えてくれたことは弟子たちの心に生き続ける。通りを下り、ふたたび地下鉄で家に帰るとき、そのことを思い出さずにはいられなかった。ぼくは冷めたまなざしで、乗客たちの胸の上で頭があちらこちらに揺れ動いているのを眺めた。すると突然、ぼくのまなざしはもっと奥の層へ貫通し、さらに深く骨や内臓を過ぎて、もはやぼくに不安をもたらすことはなく、その代わりに驚きをもたらすような、いわく言い難いものの中心に到達した。それはまるで流した涙が、ぼくの目から悲しみで濁ったヴェールを押し流したかのようだった。かつての〈ぼくはもうだめだ！〉が、〈ぼくに何ができるだろう?〉という問いへと変化していた。

タグチ!

誰かがぼくを呼んだ。

タグチ・ヒロ!

地下鉄の駅の雑踏で、誰かがぼくの肩をつかんだ。ぼくは振り返った。

クマモト!

本当にこんなことってありえるのだろうか? 正真正銘の彼が目の前に立っていた。あの白い手が、ここにある。彼はその手をぼくの方に伸ばした。ぼくはそれを握った。

久しぶりだね。さあ、上に行こう。彼は足を引きずっていた。あの上の喫茶店に? テーブルがひとつ空いていた。ついてるな、と彼は笑った。とんでもなくついてるぜ。この時間に席が空いてるなんてさ。まわりには女子学生たちが陣取っていた。クスクス笑いながら、買ってきたリップグロスが、自分たちの肌の色に合っているか、品定めに余念がない。サラリーマンも何人かいて、ケータイで通話している。ガムを噛みながら、指で延ばし、またそれを口に戻して膨らませ、パチンと破裂させたりしている学生。いや、ついてるよ。クマモトは繰り返した。何度もおれは、お前と道でばったり出くわすとどうなるだろうって思い浮かべたよ。そんな場合、何を言うかも全部考えておいた。万一の場合に備えて。おれって、ばかだろ? でも実際会ったら、全部忘れちまった。全部な。この上だよ。彼は額を軽くポンポンと叩いた。

あのとき何があったの、とぼくは尋ねた。てっきりぼくは君が……。

死んだと思ったんだろ。てっきりおれもそう思ったよ。彼は手を口に当てることも、声を潜めることもしなかった。五週間、昏睡状態に陥っていた。それから目を覚ました。ゆっくりと目を覚まし、目をしばたかせ、少し毛布を持ち上げ、指を伸ばした。ぽつぽつ降る雨のように記憶が戻ってくると、もう一度ぐっすり眠るのが一番いいと思った。身動きもせず、意識を失っていた。外ではみんなが動き回っているのに、静かに横になっていた。病室の窓からは街の灯が見えたよ。お前のことも思い浮かべた。おれの方に近づいてくるんだ。お前のおれへの信頼とおれの陽気さ。お前の信頼を裏切った責任を取りたくないと感じた。左の腰下の激しい痛みのように、そう感じたよ。

108

クマモトはすっかり変わっていた。彼の動作の中に情熱的なものは消え失せ、ゆったりとしたものに取って代わっていた。彼の身体はむくんだようで、水中に沈んで急流に流され、陸に打ち上げられた死体のようだった。薬のせいだよ、と彼は言った。彼は麻痺した足を伸ばした。

ぼくは言った。まあ、いいじゃないか。こうして再会できたんだから。

クマモトもうなずいた。そうだよ。

もう具合はいいの？

わからない。あの出来事の後、これは事故にしておくようにと諭《さと》された。退院した後、すぐに次の事故が起きた。ガスだよ。もう少しで家が爆発するところだった。で、また病院の厄介になった。そのときこの薬をもらったんだ。また眠ったんだ、そっと眠らされた。記憶は断片的にしか残っていない。そのとき鼻の中をくすぐるような光線が差し込んだ。水の入ったガラスの瓶。蕾をつけた桜の木の枝。髪を結いあげた看護婦さん。一枚の絵。あの看護婦さんがヘアクリップを外したら、柔らかくカールした髪は背中を伝って落ちるだろう。いつも呂律の回らないことを言っている患者さん。酔っ払い、とおれたちは彼を呼んでいた。おれたちと同じように水とお茶しか飲まなかったけれど。一度彼と話したことがある。しどろもどろの口調で彼はこう言った。酩酊の状態で記憶も過去もなくし、道路の隅っこに横たわって、人々の靴音が頭上に通り過ぎるのを聞いていたいものだと。この通り過ぎる足音が、自分を慰めてくれるのだ、と彼は言っていた。

あるいはあの太ったヒロコさん。彼女は今にも自分が溶けてなくなってしまうのでは、と思い込んでいて、こう尋ねた。ねえ、あたしが見える？　だんだんあたしが消えていくのが見える？　もっともヒロコさんの体はとても肉づきがよくて、いつかそれが消えてしまうなどとは想像もできない。あたしの足の指はどこ、足は、ひざは？　おっかなびっくり足をさすってこう叫ぶ。あれ、なくなってる。最後にはとうとうカテーテルで食事をとらなければならなくなった。口がなくなったと思い込んだからだ。

109

どうしておれはこんなことを話すんだろう。病気とは、幻想に執着することだと思う。幻想にしがみつきながら、孤独でもあるんだよ。おれが、自分がもう治ったかどうかわからないって言うのは、そういう状態から完全に解放されることが、そもそも不可能だと言いたいからさ。それでも、まあ、半年前から調子はいいよ。お前に道でばったり出くわして、再会できて本当にうれしいよ、なんて言うことを想像して楽しんでいた。次には何が起こるんだろう、この先どうなるんだろうという好奇心。すごいよ。朝起きて、顔を洗っているとき、そんな好奇心を持っていることに素直な喜びを感じる。水は生きている。水はぼくの目から砂を洗い流し、目を覚まさせてくれる。この水のように生き生きとするには、おれももっと修業がいるかもな。

もちろん両親にとってはゆゆしき事態だ。今になってそのことがわかる。ゆゆしき、というのは、今まで息子に抱いていた幻想が粉々に壊れるのを見なければならないからだ。これ以上、幻想を持ち続けることは難しい。とくに父さんにとっては深刻な喪失だった。父さんは起こってしまったことについて話すのが嫌いで、話すとなると、病気になるより、詩を書き続けてくれたほうがよかった、と言った。定まらぬ視線で、ぼそっと。そして目をそらして、こう付け加えた。できれば長い、長い詩を書いてほしかったなあ。そこには申し訳なさが聞き取れた。聞きたいと思っていることが、おれには聞こえて来るんだよ。精神的な努力の賜物だね。父さんのおかげで身についちゃったのさ。メンツをなくさなくて済むから、父さんもその方が気が楽なんだ。おれにとっても同じだったよ。別の仮面をつけていられたから。こんなふうにして、別々の空間にいたおれたちが、偶然ふと出会って、ふたりを包み込む大きな空間に座っていると、おれたちはけっして別の場所にいたわけではなかったことがわかるよ。

110

おれがまだ書いているかって？　書かないことなんか、考えられないよ。真っ暗な夜のただ中に光っている砂利が言葉だった。月や星々の光が言葉をとらえ、ふたたび輝きを与える。その中のひとつの言葉が、ひときわ明るく輝きだす。素朴な言葉。おれはその言葉にゆっくりと近づき、あらゆる方向から眺め、最後にそれを手に取るだろう。その魅力にとらえられ、その魔法が、自然に、その言葉の純粋な意味から輝き出していることに気づく。素朴なこと。素朴にあるということ。ひたすら素朴なまま耐えること。そしておれが耐えれば耐えるほど、存在するということが、いかに美しいか、ただ美しいかということが、ますます素朴に理解されてくるのだ。

おれは言葉がこうして輝くように書きたい。ごく素朴なことについて書きたい。たとえば、今おれたちは二年半後に再びめぐり会って、このテーブルに向かい合い、ふつうなら黙っていることについて語っている。そんなことについて書きたいんだ。今飲んでいる抹茶ラテはぬるくて、甘い。もうじき夕暮れがやってくる。太陽が沈んで、昼から夜になる。かなり時間がたったことに気づく。伸ばしているおれの足が、そのことを思い出させてくれる。お前は文句を言わない。おれたちは友達だからな。それも、お互いに杯を交わし合った双子だ。お前に会えなくて寂しかったよ。お前もそうだろ。単純な話さ。エアコンが振動音をたてて動いている。客たちは談笑している。ウェイトレスはせわしなく動き続け、一瞬立ち止まったと思ったら、エプロンで疲れた顔をぬぐっている。

111

クマモトは変っていなかった。

太って動作が緩慢になってはいたが、彼は根っからの詩人としてぼくの前に座り、以前の誠実さも失われていなかった。彼は、いったん奈落の底に落ち、孤立無援の中でその深さを測ってきた人間のもつ強靭な力を発散していた。そしてふたたび上に戻ってきたことを喜んでいた。何を考えているんだい？　ぼくは傷跡が見えるように、テーブルの上に手を広げた。ねえ、ぼくたちは必要とされていると思う？　つまり世間の人たちはぼくたちのように、道から外れ、閉じこもった人間をどう思うだろう。何も修了していないし、教育も仕事もない。何も証明できるものがない。生きていること自体に価値がある、それ以外何も学ばなかった人間を。そのことを学んだあとで、やっぱりぼくたちは必要とされていないということを、また学ばなければならないと考えると不安になるんだよ。結局、ぼくらは印をつけられている。ぼくらには欠陥があるんだよ。許されなかったら、どうなるのだろう？

もし社会がぼくたちを……

……もう一度受け入れてくれなかったら？

おれはあまり大きな問題として考えないことにしている。社会とか考えだすと、もう頭がパンクしてしまう。大きすぎる。社会って、何なんだろう。わからない。おれにわかるのは、その中の個々の部分だ。そこにとどまっていたい。小さなところに。そこでは誰もが印をつけられて、欠点を持ち、お互いに必要とし合っているんだ。クマモトは自分の手をぼくの手のそばに置いた。さっきおれがお前をまた見かけたのも、ほんの指先がふれあったような瞬間のことだった。最初はお前だということに気づかなかった。痩せてしまっていたからね。はじめ、電車が急停車してガクンと揺れたとき、お前はつり革の手を離して、前後に揺さぶられていた。そのときの両足の踏みしめ方を見て、初めてお前だということに気づいたんだ。ドアが突然開き、おれは立ち上がった。お前に続いて。また見失いたくなかったんだ。お前はすばやくて、もうエスカレーターに乗っていた。何度も見失いそうになった。何とか足を引きずってあとを追いかけながら、自分がどんなにお前を必要としているかがはっきりしてきた。お前に、すまなかった、とどうしても言いたかった。お前が、もういいよ、というのをどうしても聞きたかった。お前は少し立ち止まった。おれは躊躇した。お前をそんなに必要とする資格なんかない、という思いに押しつぶされたんだ。でもすぐそばにお前は立っていた。おれはお前に手を差し出した。それがお前の問いに対するおれの返答だったのかもしれない。手を差し出すということは、もっとも必要とされている他人に、自分を差し出すことでもあるんだ。

これからの予定はあるの、とぼくは訊いた。

お前は?

もう外に出るつもりだよ。

おれもだ。

112

まだ君に尋ねたいことがあるんだ。あのとき、あのようになる直前、君はいったい何を叫んだの? わかってるだろ。ぼくが近づくと、君は何か叫んだ。あのあとずっと、ぼくに何かを知らせようとしていたと思い続けてきた。何かぼくが聞かなくてはならないことを。何だったの？

おれは気が動転していた。

もう忘れてしまったの。

何でもなかったと思う。

本当に？

どうして何度も聞くんだい？

もしかすると……

……何でもない、って言ったのかもしれないな。

実際、ぼくには何の関係もなかった。過去からの叫びは消え失せた。それが自由であろうと、人生であろうと、幸せであろうと、もう重要ではない。ぼくたちはただ、じゃあ、また、と言って別れた。またそのうちどこかで出くわすんじゃない、とクマモトも言っていた。またそのうち、ぼくは言った、じゃあ気をつけてね。お前も、元気でいろよ。おれのためにもな。そう言って彼は、がっしりとした背中の後姿を残して、視界から消え去った。彼は家に帰るのだろう。家に。突然ぼくはものすごい空腹を感じた。お腹に穴が開いたみたいだ。空腹に急き立てられるようにして、ぼくは走り出した。

113

玄関に父の革靴があった。覗きこむと自分の姿が映るくらい、ピカピカに磨かれていた。父と母は夕飯の席についていた。テレビでは野球中継が流れていた。巨人が三点リード。廊下に立って驚いたのは、自分がつい先日ごみ箱に捨てたはずの絵が、また元の場所にかけられているのに、もう自分が驚かないということだった。下に画鋲《がびょう》で留められたメモ書きがある。ネガを持っているから、何度はがしても焼き増しします。母より。スマイルのマーク。再生する家族。ふたたびぼくは立っていた。ゴールデン・ゲイト・ブリッジの前で、野球帽を斜めにかぶり、父の手を肩の上においていた。砂時計の砂粒がくびれの部分を通り抜けて落ちるのを待った。ぼくは父の手を振り払おうとして……。でも、苦しみが消えていくまで、もう少しだけ待った。あるいはクマモトの顰《ひそ》みにならって言えば、ぼくは苦しみを感じたくなかったから、何も感じなかった。精神的な努力の賜物だった。これは自ら進んで身につけたものだった。その方が気分も楽になった。何の苦しみも感じずに、お盆を敷居から取り上げると、ご飯はまだ湯気を立てていた。ぼくはよく考えておいた一歩を踏み出した。それからもう一歩。震えていない方の手で居間のドアを開けた。驚きのまなざしがぼくを見つめていた。そして黙って頭でうなずいた。沈黙を破ったのは父の方だった。母に向かって、この椅子の上を片づけてあげて、と言った。

ぼくが二年間座っていなかった椅子の上には、古雑誌がうずたかく積み上げられ、一番上の表紙には手を振っている紀子さまが映っており、赤い毛糸の玉と編み物道具が置かれていた。母は急いで片づけた。その拍子に毛糸の玉が床に転がり落ちて、ぼくの足の前で止まった。ぼくはそれを父の前に蹴り返した。ホームラン。ぼくは座って、いただきます、と言った。

ご飯はもっとたくさんのほうがいい？

母はお茶碗いっぱいにご飯をよそってくれた。ここにもっとお豆腐があるわよ。お父さん、ねぎをこちらに回してくれる？　ほんの数秒間で食卓の用意は整った。おかずとソース類がぼくの手の届く位置に移し替えられた。ぼくは食べた。最後のひとつの餃子を取ろうとして父の箸とぼくの箸がぶつかった。とっていいよ。いや、お前にあげるよ。父はお腹をさすった。あぁ、もうお腹いっぱいだ。ぼくたちは顔を見合わせた。ぼくたちは持ちこたえた。とうとう父は、ケイコ、ビールを一本取って来て、と言った。それで乾杯しよう。何に乾杯かって言うんだろう。もちろん、巨人の勝利にさ。テレビから興奮した歓声が流れてきた。アナウンサーの声が上ずっている。試合は続いていた。母がグラス三つとするめを持ってきた。乾杯。ぼくたちはグラスを合わせた。長い一日の終わりには、と母が笑って言った。やっぱりビールが一番。

114

ぼくたちが同じテーブルの席について、ささいなことの力を借りて、大切なことについて理解を深めていたときのことだ。実は父も母もひきこもりだった、ということが明らかになった。ぼくの生活は両親に依存していたので、同じ屋根の下に住む両親も閉じ込められているのも同然だったのだ。父はわずかな休暇を家で過ごした。海まで遠出はしなかった。母の故郷であるO市にも行かなかった。ときおり映画館に行って、暗闇の中に座ることはあった。長年会っていない友達といっしょに外食することもときどきあった。何時間か自動車を飛ばして、このまま世界の果てまで走り続けようか、と思いをめぐらせたこともあった。そんなときは車を止めて、こう言い聞かせた。自分たちを必要としている人がいるのだ、と。回れ右をして、家に戻った。二、三日おきにフジモト商店に行って、買い物もした。朝食、昼食、晩御飯。母は三度の食事を欠かさず運んで来てくれた。ときどきTシャツや靴下も添えられていた。冬にはセーター。手紙もたくさんあったが、読まずに部屋のドアの前に返していた。そこにどんなことが書かれていたのだろうか、今になってあれこれ考える。おそらく、冷蔵庫を覗いてコーラが一本なくなっていたり、お風呂のタイルが濡れているのを見てうれしかった、といったような内容だろう。逆にそれを見て悲しくなったということかもしれない。あるいは、ぼくのせいで恥ずかしく思っていること、なぜぼくが心を閉ざすようになったかを理解することが、重荷になっている、ということだったのかもしれない。いろんなことがあった後で、また同じテーブルに座って、ささいなことの力を借りて、大切なことについて理解を深めることは、三人が水中に飛び込んでから浮き上がって、初めて息をするのに等しかった。水しぶきの上がっている水面。ぼくたちはまだ、はあはあ息を吐いている。

それじゃあ。ぼくは立ち上がった。おやすみ。

父は言った。長いこと観てきた中で、最高の試合だったよ。目をテレビの画面からそらさずにそう言った。片手で空になったグラスを握りしめ、もう一方の手ではテーブルの縁をしっかりつかんでいる。白い踝《くるぶし》がすべてを語っていた。動かないことが、父の心の動きを物語っていた。もう一言何か言っていたら、手にしていたグラスが粉々になっていただろう。

はじまり

謝辞

本書を執筆中、援助を惜しまなかったすべての方々に感謝します。これらの方々の計り知れない友情は、物語の中に生き生きと流れています。

次の方々には、とくに名前をあげて感謝申し上げます。私の夫トーマス（あなたの激励と忍耐と心づかいに）、おじいちゃんとおばあちゃん（たくさんの幸せに満ちた夏の日々に）。美智男、ニケン、あや菜と琉太（何マイルもの距離を超え、私たちを結びつけた赤い糸に）、智（あなたの素晴らしい思い出に）、トビーアス（あなたの支援に）、アンゲラ（あなたのEpile Spitmekに）、バルバラとヴェレーナ（あなた方のヴァインフィアテルでの誠実さに）、カトリーン（いっしょに歌い読んでくれたことに）、レーロ（カップケーキと星屑にたいして）。

ここに名前をあげられなかった方々にも、心からどうもありがとう。

訳者あとがき

本書はミレーナ＝美智子・フラッシャール（Milena Michiko Flašar）の小説 *Ich nannte ihn Krawatte*（二〇一二年、Klaus Wagenbach 社刊）を全訳したものである。原書は刊行後ただちに大きな反響を呼び、オーストリアの有望な新人に与えられるアルファ文学賞を受賞するなど、批評家と読者の双方に好意的に迎えられ、現在は文庫本として版を重ねている。また英語、イタリア語、フランス語、タイ語など十二か国語に翻訳されて、世界中に読者を増やしつつある。ミレーナさん（個人的にも親しいのでこう呼ばせていただく）はこれまでに、本書を含め四冊の長編小説を発表しているが、著者自身も公言しているように、本書は彼女の代表作であり、今後も長く読み継がれていく名作だと思う。

冒頭を読んですぐに気づくことだが、本書の舞台は日本であり、登場人物たちもすべて日本人である。主人公は二十歳くらいのひきこもりの青年タグチ・ヒロ。そのような状態になって二年が経つ。ある日、両親の留守のあいだに勇気を奮って近くの公園に出かけてみる。そこで五十歳代後半のサラリーマン（オオハラ・テツ）と出会うことが、ふたりの人生を大きく変えていくことになる。全体は一一四の短い断章から構成されているが、それぞれが一編の詩のように、人物の心理と風景が実に巧みにひとつのタペストリーに織り込まれていて、読者に強烈な印象を残す。関係が深まるにつれて、ふたりは自分たちの過去の体験を話し始め、異彩を放つ人物が次から次へと登場する。ヒロのクラスメイトで詩を書くクマモト。ヒロの幼なじみのユキコ。テツの恩師であるワタナベ先生。そしてテツの最愛の妻であるキョウコ……。

ストーリーの展開に無理がなく、早すぎもなく遅すぎもない列車に心地よく揺られながら、いつしか読者は見たこともない、しかしまた同時に懐かしい心の風景へと連れて行かれるのである。

ただ本書を訳しながら一抹の不安が念頭を去らなかった。それは日本の読者が、この小説を日本の物語だとあまりにも強く意識することはないか、という不安である。確かに舞台も日本、登場人物もすべて日本人ではあるが、物語は現実の日本とは異なる、何かしら異質なメルヘン的な空間において展開していく。現実世界を少しずらしたかのようなパラレルワールドと言ってもいいかもしれない。この現実との微妙なずれをどうやって日本語で表現すべきか。日本人である私が、この物語をあまり自分の方に近づけすぎない、やや距離を残したところで日本語として訳し下すことは思いのほか難しかった。固有名詞をすべてカタカナにしたのはそのためである。また小説の語り手は基本的にはひきこもり青年のタグチ・ヒロであるが、内的独白のときもあれば、サラリーマンのオオハラ・テツに語りかけていることもあり、さらにテツが話し始めたり、また過去の回想の中で第三、第四の人物が登場すると、そのつど誰が誰に話しているのか、判断が難しくなる。語り手が変わるごとに文体を変え、一人称を「ぼく」、「わたし」、「おれ」「あたし」など訳し分けねばならなかった。原文には一切引用符がなく（したがって拙訳でもいくつかの例外を除き、原則としてカギカッコは用いていない）、語り手が誰であるのか、一読しただけでは明瞭でないこともあり、翻訳は予想以上に難航した。原文をドイツ語で読んでいるときは内容がすっと頭に入って、明確なイメージが浮かんできただけに、翻訳の難しさとは大きなギャップがあった。しかし、かえってその訳し分けの作業はやりがいがある楽しい作業であった。楽譜を見ながら指揮者が、個々の音にさまざまな色合いをつけ、強弱を明確にし、声部と声部を重層的に重ね合わせながら、交響曲として演奏し、聴衆に届ける過程に似ている。まさに翻訳者冥利に尽きたといえよう。

作者のミレーナ＝美智子・フラッシャールについても簡単に紹介しておきたい。

一九八〇年、ウィーン近郊のザンクト・ペルテン生まれ。父はチェコ系オーストリア人、母は岡山出身の日本人であった。ミレーナさんにとって日本語は文字通り、母の口から教えられた母語（Muttersprache）だったわけである。現在、読み書きはもっぱらドイツ語であるが、簡単な日常会話なら日本語でも問題はない。ミレーナさんはその後ウィーンとベルリンの大学で比較文学、ドイツ文学、フランス文学を学び、卒業後は外国人にドイツ語を教えたりしながら小説を書き始め、二〇〇八年、*Ich bin* というタイトルの小説でデビューを飾った。そして二〇一〇年、第二作の *Okaasan* を発表し、より大きな注目を集めたことは、彼女にとって母と母語がいかに重要であるかを如実に示している。ミレーナさんは日本に長期滞在した経験はないが、ほぼ毎年二週間ほど日本に滞在し、日本に住んでいる家族や親戚と会い、日本の風景と文化を堪能し、また折に触れて自作の朗読をしておられる。

二〇一七年にノーベル賞文学賞を受賞したカズオ・イシグロが、小説を書き始めたきっかけは、五歳まで過ごした日本での薄れゆく記憶を、小説の中に保存するためであったと語っていたが、似たようなことがミレーナさんにもいえるかもしれない。もっとも、ミレーナさんは日本に長く暮らした経験はない。しかし、彼女がいかに日本の文学や文化、伝統を深く愛しているかは、本書からもひしひしと伝わってくる。

おそらく彼女は書くことによって、自分の血の中に脈々と受け継がれている日本的な感性を、確認しようとしたのではないか。それが未生の記憶であり（本書にも「生前の懐かしい記憶」という表現がある）、おそらくは小さいころに母から聞いた話などからしか再構築できないため、カズオ・イシグロよりその探求はさらに困難を極めるかもしれない。しかし、訳しながら私は、硬質で理知的なドイツ語の奥底に、柔らかく、優しい日本的な感性がたゆたっているのを何度も感じずにはいられなかった。たとえば本書の末尾近くで、ヒロがひとり座って、心の中でテツと対話するシーンがあるが、ここなどは、作者の日本的感性と文体が、より深い普遍的な層にまで達した奇跡的な場面として、読者に長く記憶されるのではなかろうか。

現在、ミレーナさんはウィーン市内に家族（夫と四歳の息子テオドール。テオ君には日本語で話しかけているのだという）とともに住み、長編第四作 *Herr Katō spielt Familie* を仕上げたばかりだという。こちらも日本を舞台にしているそうで、これから読むのが楽しみである。

本書の刊行にあたり、さまざまな方の援助を得た。著者のミレーナさんは、次々と投げかける訳者の疑問に対して、何度か特別の機会を設けて下さり、いつも快く、丁寧に答えてくれた。このミレーナさんを紹介してくれたのは元ジュネーブ大学教授ハンス＝ユルゲン・シュラーダーさんである。二〇〇九年にブカレストのツェラン・シンポジウムで出合って以来、親しい交際をしている彼は、若いたぐいまれな才能として、彼女をウィーンで紹介してくれた。また、出版の企画段階から、編集、装丁まであらゆる相談に乗っていただいた郁文堂の柏倉健介さんは、その卓抜なドイツ語力を駆使して、原文とも対照させながら拙稿に丁寧に目を通してくださり、何度も的確なアドヴァイスをして、窮地から救い出してくれた。もとより訳文の出来はすべて訳者の責任にあるが、その精度が少しでも高くなったとすれば、柏倉さんの献身的な援助によるところが大きい。

三人の方々に心から御礼申し上げる。

本書の刊行によって、ミレーナさんの文学が日本でも知られるきっかけとなれば、訳者にとってこれに勝る喜びはない。

二〇一八年一月二十日　　関口裕昭

ぼくとネクタイさん

2018年3月31日初版発行
著　者　ミレーナ＝美智子・フラッシャール
訳　者　関口　裕昭
発行者　大井　敏行
発行所　株式会社　郁文堂
113-0033 東京都文京区本郷 5-30-21
電話［営業］ 03-3814-5571
　　［編集］ 03-3814-5574
振替　00130-1-14981

ISBN978-4-261-07338-6